Ein Ast, sandgeschliffen, dazu Federn, vom Wind getragen.
Matt schlägt die See an.
Das Glück, so heißt es, ist eine Fundsache.

G. Grass

Margot Wolff

Aus meiner Kinder- und Jugendzeit auf Hiddensee

1944 - 1957

Bibliografische Information der Deutschen
Nationalbibliothek
Die Deutsche Nationalbibliothek verzeichnet diese
Publikation in der Deutschen Nationalbibliografie;
detaillierte bibliografische Daten sind im Internet über
http://dnb.d-nb.de abrufbar.

ISBN 978-3-8370-2390-9

Herstellung und Verlag:
Books on Demand GmbH, Norderstedt
www.BoD.de

Aus meiner Kinder- und Jugendzeit auf Hiddensee
1944 - 1957

Mein Glück hatte ich gefunden. Ich durfte meine Kindheit und Jugend auf der Insel Hiddensee verbringen. Jahrzehnte sind vergangen und in mir reifte der Wunsch, einige Erinnerungen an diese Zeit aufzuschreiben. Durch die Schilderung kleiner Begebenheiten und Episoden, die ich selbst erlebte, möchte ich an Schulfreunde und Lehrer, Inselbewohner und Nachbarn, an Gäste und Freunde der Insel erinnern. Das robuste, naturnahe Leben auf der Insel, die Spiele und Erlebnisse unserer Kindheit, der unbeschwerte Umgang miteinander in der Jugendzeit haben mir ein Gefühl von Vertrauen und Freiheit vermittelt, das mir auf meinem weiteren Lebensweg sehr geholfen hat. Das Inselleben fordert Gemeinsinn und fördert die Bereitschaft anderen zu helfen. Die Vielfalt der Insellandschaft, das Meer, die kräftigen Farben und die ständige Begegnung mit der Natur und dem Leben regten meine Phantasie an und weckten den Wunsch, alles Gesehene und Erlebte in künstlerischer Form festzuhalten. In meiner späteren künstlerischen Tätigkeit lassen sich viele Elemente erkennen, deren Ursprung in der Hiddenseer Zeit zu finden ist.

Als ich siebzehnjährig nach Berlin übersiedelte, hatte ich eine Zeitlang wirklich die Furcht, dieses Farb- und Freiheitsgefühl zu verlieren. Bedrückend empfand ich, in der Stadt niemals einen Horizont sondern nur graue Straßenschluchten zu sehen.

Das Hexenhausbild

Am 6. November 1944 kamen wir als Flüchtlinge auf die Insel Hiddensee. Wir wurden dem Bäckermeister Karl Rohde zugeteilt. Er mußte ein Zimmer in seinem Haus zur Verfügung stellen. Schnell erkannte er, daß mein Vater (Tagelöhnersohn aus Ostpreußen) gut mit Pferden umgehen konnte. Der Brotwagen wurde nun von meinem Vater gefahren. Bis nach Grieben und Neuendorf. Karl Rohde gestattete meinem Vater, das brotlose Fuhrwerk zu kleinen Privatfahrten für die Inselbewohner zu benutzen.

Professor Diener, ein bekannter Geiger, hatte ein Wochenendhaus in Vitte. Mein Vater erledigte für ihn einige Transporte und sollte nun entlohnt werden. Mein Vater, immer bescheiden, wollte sich von Prof. Diener nicht bezahlen lassen. "Herr Gudjons, ich möchte mich ehrlich machen! Zwei Sachen kann ich: Ich kann auf meiner Geige spielen und ich kann malen. Suchen Sie sich etwas aus." Mein Vater antwortete: "Die Musik ist gleich weg, aber malen Sie mir das Hexenhaus." Das Hexenhaus auf Süderende wurde unserer Familie als Wohnung zur Verfügung gestellt.

Prof. Diener erschien an einem kühlen bedeckten Tag mit seiner Staffelei und einem Malstühlchen. Er aquarellierte das Haus und ich schaute fasziniert zu. Tischlermeister Otto Hübner rahmte das Bild. Der rustikale Fichtenholzrahmen war auch ein Fuhrlohn.

Prof. Diener im Konzert

Hexenhaus (Diener 1946)

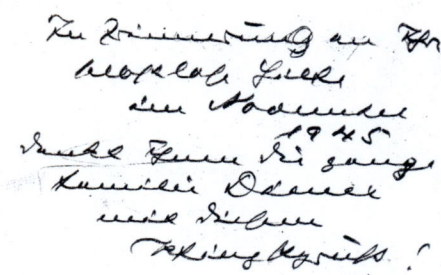

Der lange Hermann

Es war Anfang 1946, wir wohnten noch im Hexenhaus, da kam mein Vater in einer abenteuerlichen Uniform nach Hause. Graugrünliche Breecheshosen, eine hochgeknöpfte Uniformjacke (gleiche Farbe), Ledergürtel in der Taille, eine Armbinde mit der Aufschrift 'Polizei' auch in Russisch am linken Ärmel. Die Krönung waren eine knappe Feldmütze und hohe Schaftstiefel. Meine Mutter war außer sich. "Der Krieg ist gerade vorbei" schrie sie "wir haben von Uniformen die Nase voll!"

Was war geschehen? Die Hiddenseer hatten meinen Vater einstimmig zum Wachtmeister der Insel gewählt. Die Argumente waren eindeutig. Er war ein großer schweigsamer neutraler Mann!

Das Wachtmeisterhaus am Süder-ende wurde von uns bezogen. Vater bekam eine Dienstwaffe und ein Fahrrad. Viele Aufgaben warteten auf ihn. Großen Erfolg hatte er bei der Bekämpfung von Schafdiebstählen ohne wirklich eingrei-fen zu müssen. Nachts ruderten die Diebe von Rügen nach Neuendorf, fingen die frei laufenden Tiere der Neuendorfer ein, töteten sie und ruderten mit ihrer Beute zurück. Nur die Felle mit den aufgenähten Hausmarkenlappen ließen sie zurück. Die Hiddenseer kennzeichneten so ihre Tiere. Der Tierklau hörte auf, als die Diebe erfuhren, daß Hiddensee einen wachsamen und bewaffneten Poli-zisten hat.

Das Wachtmeisterhaus

Der Bürgermeister

Willi Rosin war von 1946 bis 1950 Bürgermeister der Gemeinde Hiddensee. Er stammte aus Pommern und lebte seit 1937 auf der Insel. Willi war ein kleiner energiegeladener Mann, der bei der Bevölkerung großen Respekt genoß. Vor dem Krieg arbeitete er beim Bau der Mole in Kloster mit.

Am Hafen Vitte:
links, der 'lange Herrmann'; Vordergrund rechts: Willi Rosin, der erste Bürgermeister der Insel Hiddensee nach dem Krieg

Hermann Gudjons und Willi Rosin waren ein gutes aber sehr ungleiches Gespann. Mein Vater mit seinen fast 1,90 Meter überragte den kleinen Willi beträchtlich. Der Wachtmeister war äußerst schweigsam, der Bürgermeister ein temperamentvoller Redner. Bemerkenswert ist die Tatsache, daß beide keine 'echten' Hiddenseer waren. Willi war mit einer Hiddenseerin verheiratet und meine Schulfreundin Lieselotte Schluck ist eine seiner Töchter.

Willi Rosin wurde 1955 noch einmal zum Bürgermeister gewählt und hatte sein Amt bis 1961 inne.

Das Monogramm

Die Nähmaschine wurde versenkt, wenn sie arbeitslos war. Sie bekam eine gehäkelte Decke und einen Blumentopf. Die rechte Schublade war der Safe meiner Mutter. Der kleine Schlüssel dazu war ein Heiligtum und war gut versteckt. Ich wußte natürlich wo er aufgehoben wurde. Meine Eltern mußten nach Stralsund fahren und ließen mich mit vielen strengen Ermahnungen einen Tag allein. Ich war fünf Jahre alt. Sie waren kaum weg, kramte ich den Schlüssel hervor, machte die Schublade auf und wühlte in den Schätzen. Größte Kostbarkeit war ein goldener Ring mit einem Onyx und dem Monogramm MG (Maria Gudjons). Dieser Ring war das Gesellenstück ihres vor Stalingrad gefallenen Cousins, der Goldschmied werden wollte. Ich drehte und wendete den Ring. An meinen dünnen Fingerchen hielt er nicht und so spielte ich eine Weile damit. Plötzlich löste sich das goldene Monogramm und fiel in eine tiefe Dielenritze des Hexenhauses. Die Onyxplatte hatte nun zwei Löcher und mein Entsetzen war groß. Die Dielen des alten Hexenhauses sind auf Sand gegründet und dorthin war das Gold verschwunden. Alle Schätze legte ich sorgfältig in die Schublade zurück, der Schlüssel kam wieder an den geheimen Ort. Der Schaden wurde von meiner Mutter erst Monate später entdeckt. Meinem Vater gelang es nicht, die schweren Dielen hochzunehmen und so liegt das Monogramm noch heute im Hexenhaus. Jahrzehnte später habe ich es von einem Köpenicker Goldschmied nachbauen lassen. Eine späte Wiedergutmachung! Nach dem Tod meiner Mutter habe ich mir einen Anhänger daraus machen lassen und trage ihn sehr oft.

Das Hexenhaus

Die erste Freundin

Im Sommer 1945, ich war fünf Jahre alt, führte mich ein Spaziergang auf das Spülfeld in Vitte. Meine Mutter hatte ein strenges Verbot ausgesprochen: "Zu Hause spielen und nicht ans Wasser gehen!". Sie konnte nicht schwimmen und liebte die See gar nicht.

Ich wollte aber alles erkunden. Auf dem Spülfeld, einer vorgelagerten Landzunge neben dem Hafen Vitte, traf ich Irmgard. Wir betrachteten uns neugierig und sie fragte mich: "wisst du mit mir s-pieln?" Ich wollte und hatte sofort eine Idee. Ich malte mit einem Stock zwei riesige Schnecken in den Sand. Jede von uns hatte eine und mußte auf Kommando hineinrennen bis zur Mitte und durfte dabei die Linien nicht zerstören. Es gab keinen Sieger, aber wir haben uns kennengelernt und waren sehr lange freundschaftlich verbunden.

Das Traumschiff

Ulrich wohnte mit seiner Mutter in den Ferien gegenüber von Bäcker- meister Rohde bei Ursula Gau. Er war so alt wie ich - also sechs. Wir freundeten uns an und spielten miteinander. Auf dem Grundstück von Karl Rohde (bei dem meine Familie wohnte) gab es viel zu entdecken, aber der Strand war das Schönste für uns. Eines Tages fand ich am Wasserrand einen kleinen Spielzeugdampfer aus Blech. Wun- derbar grell bemalt mit einem Schlüssel zum Aufziehen. Er war leider seeuntauglich, er ging unter. Ulrich hatte sich in das Schiff verliebt und wollte es mir entreißen. Es gab ein Handgemenge mit Tränen. Vor lauter Wut schlug ich ihm das Spiel- zeug über den Kopf. Blut floß ein wenig und er heulte schrecklich.

"Wenn Du das deiner Mutter erzählst, spiele ich nie wieder mit Dir", sagte ich. Er hat es nicht verpetzt.

Jahrzehnte später las ich manchmal im Abspann der ZDF-Serie 'Das Traumschiff' seinen Namen als Autor. Hab ich ihm seinerzeit die poetischen Adern für Schiffsgeschichten geöffnet?

Marie

Als wir das Hexenhaus bezogen, warnten uns die Nachbarn vor der weißen Frau. Dieselbe soll ab und zu umgehen und ihre ertrunkenen Kinder suchen. Wir wohnten etwa drei Monate dort als meine Mutter nachts von fürchterlichen Schreien wach wurde. Es war stürmisch und kalt. Jemand klopfte ans Fenster und schrie: "Marie, mook up, Marie, mook up!" Meine Mutter, Maria, machte die Vorhänge auf und erblickte eine uralte Frau mit wirren grauen Haaren, einer Nachtmütze auf dem Kopf und in weiße Gewänder gehüllt. Erst dachte sie an einen schlechten Scherz. Erkannte dann aber, daß es sich um eine hilflose, gebrechliche Frau aus der Nachbarschaft handelte. Die Großmutter von Karl Witt hatte sich auf dem Weg zum Plumsklo verirrt und rief nach ihrer Tochter Marie.

Die weiße Frau sucht nachts ihre toten Kinder, Großmutter aber suchte ihre lebendige Tochter.

Die Erfahrung

Mein Vater hatte für einen Fischer in Neuendorf mit dem Fuhrwerk von Rohde einen Auftrag erledigt. Sein Lohn war ein Eimer voller Aale, frisch aus der Reuse. Also quicklebendig. Er stellte den Eimer vor dem Hexenhaus ab, ging hinein um meiner Mutter die frohe Kunde zu überbringen. Ich betrachtete neugierig die sich windenden Aale und vergrub meine Hände in dem Eimer. Er stürzte um und die Fische verschwanden sekundenschnell durch die feuchte Wiese in Richtung Kielgraben in die Freiheit.

Meine Eltern traten vor die Haustür. Sie sahen einen schleimigen leeren Eimer und ein ratloses Kind. "Herrmann, du weißt was du zu tun hast!" Er sollte mich verprügeln. Er ging mit mir ins Haus, guckte mich lange an und sagte zu mir nur: "Du bist mir eine Marke"

Bis dahin dachte ich immer, Fische können nur schwimmen, daß sie sich auf dem Land fortbewegen war mir neu. Jahrzehnte später sah ich fliegende Fische.

Max Ebel

Dort, wo sich Norder- und Süderende treffen, hatte Max sein Fotohaus. Ein rotbraunes Bretterhaus mit Dachpappe gedeckt mitten auf der Wiese. Es beherbergte sein Atelier und das Fotolabor, die kleine Holzveranda diente als Ausstellungsraum.

Seine Tochter Ilse war das Standbein des Fotounternehmens. Ihre Aufgabe war das Entwickeln der Urlaubsfilme und das Herstellen der Fotos. Sie hat den Sommer nur im Dunkeln erlebt. Ihr Vater, ein nervöser quirliger Mann mit Menjoubärtchen und Baskenmütze, war ein guter Fotograf und ihm hat die Insel viele großartige Fotos aus alter Zeit zu verdanken. Ich denke an mein Dorf Grieben, von dem es Fotos aus dem Jahre 1920 von Ebel gibt.

Wir Kinder kamen eines Tages auf die Idee, die Abfalltonne hinter dem Ebelschen Fotohaus zu leeren. Darin befand sich der Fotoabfall, nicht ausfixierte gelbbraune Bilder mit äußerst interessanten Darstellungen. Wir sortierten die heißeste Ware aus und machten auf der Wiese hinter dem Haus eine große Ausstellung. Unter anderem waren viele Strand-Aktfotos der Urlauber dabei. Wir hatten viel Publikum.

Max Ebel konnte darüber nicht lachen. Er wurde nahezu hysterisch und schlug mit einem Spazierstock nach uns. Aber gegen ein Rudel Dorfgören war er machtlos.

Gruppenbild mit Pferden

Im Jahre 1945, sofort nach Kriegsende, besetzte die Rote Armee Hiddensee. Die Besetzer waren etwa 40 Kosaken mit ihren heißblütigen Pferden. Die Bevölkerung hatte unter ihnen nicht zu leiden. Sie waren überwiegend freundlich und es gab keinerlei unliebsame Zwischenfälle. Mitunter galoppierten sie mit gezogenem Säbel durch die Dörfer und schrieen Parolen in ihrer für uns unverständlichen Sprache.

Eines Tages fanden sie sich vor Max Ebels Fotohäuschen ein und verlangten ein Gruppenbild. Wir Kinder waren sofort zur Stelle um dieses Ereignis mit zu erleben. Ebel kam furchtlos heraus und fing an, diese Reiterschar auf der Wiese hinter seinem Haus vernünftig aufzustellen. Ich erinnere mich an drei bis vier Schimmel, die er gleichmäßig verteilte. Er war ja der Fotokünstler und alles mußte ästhetisch aussehen. Die Pferde wurden ungeduldig, die Kosaken nicht. Max kroch unter das schwarze Tuch und befahl "RUHE!" Er fotografierte die Truppe mehrmals. Ein Kosak ritt dann auf einmal zu Ebel, hob vom Pferd herab das schwarze Tuch mit dem Säbel hoch und verlangte sofort die Bilder. Hätte Ebel damals schon eine Polaroid-Kamera gehabt, wäre dieser Wunsch erfüllt worden.

Einige Tage später waren die Kosaken glücklich, denn sie bekamen ihre wunderschönen Bilder.

Einschulung

Anfang Juni 1946 wurden wir sechs-jährigen Gören in unserer Backsteinschule in Vitte zur Einschulung feierlich empfangen. Unser Bürgermeister hielt eine Rede und unsere zukünftigen Lehrer lernten uns kennen. Wir machten Probesitzen in den schmalen, uralten Holzbänken und waren alle äußerst aufgeregt.

Meine Schultüte fertigte mein Vater an, den Inhalt, bestehend aus drei Zuk-kerschnecken, spendierte Bäckermeister Rohde.

Mutter und Tochter 1946

Verwöhnte Gören

Ab 1946 gab es Schulspeisung, viele Länder halfen uns. Die USA schickten bevorzugt Hirse. Ich erinnere mich an prall gefüllte Jutesäcke mit exotischer Aufschrift. Für uns Kinder war dies etwas sehr Aufregendes. In einem großen Waschkessel wurde in der Schulküche Hirsebrei gekocht. Er war von schleimiger Konsistenz, leicht gesüßt und sah grau aus. Die meisten von uns bekamen diesen Brei einfach 'nicht runter' und so landeten die Portionen im Kielgraben, der hinter der Schule leicht zu erreichen war. Später bestand die Schulspeisung entweder aus einer Zuckerschnecke von unserem Bäcker oder einem Leberwurstbrötchen.

Wir Inselkinder kannten keinen Hunger. Die Ostsee lieferte unendliche Mengen Fisch. Die Kinder in den Städten wären sicherlich sehr glücklich gewesen, Hirsebrei zu bekommen.

Käthe Kruse

Käthe Kruse, die berühmte Puppen-gestalterin, bewohnte mit ihrem Bruder Max Kruse die Lietzenburg. Sie hatte einige Fuhr-aufträge für meinen Vater. Mein Vater, der den Brotwagen von Rohdes fuhr, erledigte alles zu ihrer vollen Zufriedenheit und sie belohnte ihn mit einer Puppe als sie erfuhr, daß er eine Tochter hat. Eine kostbare Puppe, noch eine mit Wachstuchkopf.

Die Puppe war ein Mädchen mit Rüschen-kleid. Ich bat meine Mutter, der Puppe Jungenskleider zu nähen und eine Pudelmütze zu stricken. Als Junge gefiel sie mir viel besser. Ich taufte sie auf den Namen 'Peter'. Er sitzt heute noch auf einem Sessel in unserem Haus. Heute nennt man so etwas wohl Geschlechts-umwandlung.

Der Dorsch

Mein Vater hatte in seiner Funktion als Wachtmeister jeden Tag festgelegte Sprechstunden. Es gab immer viele Leute, die seinen Rat oder seine direkte Hilfe brauchten. Eines Morgens, es war der 2. August 1946, erschien eine ältere Dame in seinem Dienstzimmer. Sie suchte über das Rote Kreuz durch den Krieg verschollene Angehörige. Sie stammte aus Cottbus und ihr Weg führte auf Grund positiver Suchmeldungen nach Hiddensee. Leider konnte ihr mein Vater nicht helfen. Keiner ihrer angegebenen Namen war auf der Insel bekannt.

Meine Mutter bereitete in der großen Küche des Wachtmeisterhauses gerade einen Riesendorsch zu. Dazu gab es Salzkartoffeln und Dillsoße. Lydia Conrad, so stellte sie sich vor, empfing den Duft aus der Küche und meine Mutter sah ihr an, daß sie großen Hunger hatte. Sie lud sie zum Essen ein. Wir saßen dann gemeinsam an dem großen Küchentisch und haben noch niemals einem Menschen zugeschaut, der so andächtig und mit fast religiösem Ritual einen Fisch verzehrt hat. Jede einzelne Gräte wurde sorgfältig untersucht und abgeleckt. Der Dorschkopf wurde gewürdigt und wir alle waren irgendwie glücklich. Sie bedankte sich überschwenglich für die für sie unvergessene Gastfreundlichkeit.

Vitte, Norderende

Ein halbes Jahr später kam für mich ein Paket aus Cottbus an. Ein japanisches kleines Lackschränkchen (ich besitze es heute noch) und ein Märchenbuch der Gebrüder Grimm aus dem Jahr 1912 war der Inhalt.

Noch jahrelang wies mich meine Mutter darauf hin, den Fisch so sorgfältig zu essen, wie wir es bei Lydia Conrad erlebt hatten.

Schmerzhafter Biß

Mein Vater kam vom Hafen und brachte einen riesengroßen Hecht mit, den er von den Fischern geschenkt bekommen hatte. Er legte ihn in unsere Speisekammer, denn er sollte zum Abendbrot zubereitet werden. Am späten Nachmittag inspizierte ich die Speisekammer und erblickte den Fisch. Hechte sind schöne Tiere: ein grüngoldenes Schuppengewand, wunderbare Flossen, leuchtende goldene Augen. Vor allem interessierte mich sein beträchtliches Maul. Spielerisch öffnete ich dasselbe und erblickte ganz hinten die blutroten Kiemen. Ich steckte meine kleine Hand in das große Hechtmaul hinein, um die Kiemen zu untersuchen. Der Hecht schnappte zu und meine Hand wurde von den spitzen Zähnen schmerzhaft eingeklemmt. Ich schrie wie am Spieß. Mein Vater eilte herbei und hatte große Mühe, meine Hand aus dem Fischmaul zu befreien.

Heringe

Während des Krieges wurde draußen in der Ostsee nicht gefischt. Die Hiddenseer Fischer deckten ihren Bedarf in den Boddengewässern. Nach dem Krieg wurden die Kutter klar gemacht und das Meer lieferte unendliche Mengen Fisch - hauptsächlich Heringe. Die Kutter liefen vollgefüllt in die Häfen ein. Die Fischer salzten die Heringe ein und die großen Fässer waren eine kostbare Währung. Sie wurden auf das Festland transportiert und die Menschen rissen sich um die Delikatesse aus Hiddensee.

Nur war dies alles verboten!

Mein Vater bekam die strengsten Auflagen von den Behörden, den Schmuggel zu unterbinden. Bei seinen Kontrollgängen mied er stets die Orte, wo die Ruderboote mit den Fässern gen Rügen starteten. Er sah nichts, hörte nichts und konnte aus diesen Gründen niemals einen 'Schmuggler' erwischen. Die Fischer verließen sich auf den langen Hermann und wir hatten immer besten Fisch auf dem Tisch.

Das zahme Schwein

Mein Vater brachte eines Tages von Rügen ein winziges Ferkel, das in eine große Männerhand paßte, mit nach Hause. Solche untermaßigen Tiere werden vom Bauern getötet, sie taugen nicht zur Nutztieraufzucht.

Das 'Wachtmeisterhaus' verfügte über einen angebauten Stall und eine Waschküche. Der Stall wurde für das winzige Tier eingerichtet. Es bekam eine Strohschütte und Fetzen einer zerrissenen Wolldecke. Meine Mutter zog das Ferkel mit der Flasche auf. Ich holte jeden Tag aus unserer Molkerei frische Molke. Es gedieh prächtig und meine Mutter war die absolute Bezugsperson. Sobald die Witterung es zuließ, wurde das Schwein in den Garten gelassen und regelmäßig mit einer Wurzelbürste geschruppt. Es lief wie ein braves Hündchen meiner Mutter hinterher. Allmählich erreichte es das Schlachtgewicht und der für meine Mutter schicksalsschwere Tag näherte sich.

Ein Schlachtermeister von Rügen, ein Hüne mit Riesenhänden, traf ein und das Schwein mußte sein Leben lassen. Dem abgestochenen Tier wurde das noch warme Blut entnommen, es mußte ständig gerührt werden, um der Gerinnung vorzubeugen. Ich schaute interessiert zu. Der Schlacterhüne füllte sich eine große Tasse mit dem warmen Blut und trank sie aus. "Ja" sagte er zu mir, "wenn du groß und stark werden willst, mußt du das Gleiche tun". Er reichte mir eine Tasse voll und ich trank sie vor lauter Angst aus. Heute noch habe ich den klebrigen süßlichen Geschmack im Mund,

Zum Wurstmachen wurde eine Flüchtlingsfrau aus Ostpreußen engagiert. Eine Frau, die ihr Handwerk verstand. Die frischen Blut- und Leberwürste wurden in stark gewürztem Wasser abgekocht. Das Ergebnis war eine wunderbare Wurstbrühe, die durch einige geplatzte Würste noch gehaltvoller wurde. Es war ein guter Brauch, daß die gesamte Nachbarschaft sich Wurstbrühe, in der extra angefertigte kleine Wurstwinzlinge schwammen, abholten.

Die Würste aus Hackfleisch kamen mindestens 4 Monate in den Rauch. In unserem Fall war es der Schornstein von Ernst Kollwitz, unserem Nachbarn. Meine Mutter hatte sich am Tag des Schweinemordens in einem verdunkelten Zimmer eingeschlossen und hat von den Köstlichkeiten des Schweins keinen einzigen Bissen angerührt. "Wozu haben wir das Tier denn sonst groß gezogen?" fragte mein Vater.

Vor Sonnenaufgang

Gerhart Hauptmann starb am 6. Juni 1946. Am 28. Juli 1946 wurde er auf unserem Inselfriedhof beigesetzt - auf seinen ganz besonderen Wunsch vor Sonnenaufgang.

Mein Vater nahm als offizieller Vertreter der Insel an den Beisetzungs-feierlichkeiten teil. Meine Mutter zog ihre schwarze Spitzenbluse an, mein Vater seinen dunklen Nadelstreifenanzug, der die Kriegswirren auf wunder-same Weise überdauert hatte.

Nach langem Bitten durfte ich mitkommen. Ich hatte die Ankunft des Sarges im Hafen beobachtet. Es war wie Theater und ich wollte unbedingt dabei sein. Sehr viele Menschen waren da, die Inselkirche überfüllt, der Friedhof auch. Viele Gräber wurden zertrampelt, die Trauergäste waren rücksichtslos. Mein Kommentar zu meinen Eltern: "Ich habe gesehen, daß niemand geweint hat und die Mücken haben mich furchtbar gestochen!"

Das Familienbild

Max Ebel bekam von meiner Mutter den Auftrag, es war im Mai 1947, ein Familienbild von uns anzufertigen. Mein Vater sträubte sich, mußte aber seinen dunklen Anzug hervorholen und mit Frau und Tochter ins Atelier zu Ebel wandern. Natürlich hatte sich auch meine Mutter fein gemacht. Sie trug ein schwarzes Kleid mit Stickerei und eine schwarz-weiße Kette. Beides Erzeugnisse der Hiddenseer Kunsthandwerker Gummert-Eichen, die in der Heide ansässig waren.

Max drapierte uns vor einem neutralen Hintergrund, korrigierte hier und da und kroch unter das schwarze Tuch zu seiner Kamera. Meine Mutter und ich bekamen Lachanfälle, mein Vater und Max wurden wütend und nach vielen Versuchen gelang dann das Foto. Mein Vater guckt böse, die beiden Weibsbilder grinsen! Das Bild hat aber die Verwandtschaft im fernen Duisburg erfreut. "Ich wußte gar nicht, daß Leute auf einer Insel so elegant aussehen können", sagte Tante Käthe.

Spinnen

In meinem Zimmer steht ein altes Spinnrad mit einer langen Geschichte. Am 9.
November 1944 kamen wir als Flüchtlinge auf
die Insel. Meine Mutter erkundigte sich nach
Schafwolle, um uns Kleidung stricken zu
können. Die Hiddenseer waren bereit, ihr
Schafwolle zu geben, aber nur Rohwolle frisch
vom Schaf. Dafür sollte sie Wolle aufspinnen.
Ernst Kollwitz schenkte meiner Mutter ein altes
Spinnrad und bei Frau Kollwitz erlernte sie
das seltene Handwerk. Mutter war eine ge-
lehrige Schülerin und spann nach kurzer Zeit
die feinsten Fäden. Drei Fäden wurden dann
miteinander verzwirnt, danach erst die Wolle
gewaschen. Von dieser Zeit an riß der
Wollevorrat bei uns nicht ab, denn die
Hiddenseer erkannten die gute Fadenqualität.

Meine Mutter strickte uns Pullover, Handschuhe, Jacken und für mich sogar
Schlüpfer. Die bewirkten, daß meine Nieren
zufrieden und glücklich waren und ich niemals
Beschwerden hatte. Noch heute trage ich
gerne Schafwolle auf bloßer Haut!

Der Tod

Mein Vater starb im Frühjahr 1948. Schon
vor dem Krieg wurde bei ihm Silikose
diagnostiziert. Er hatte als Bergmann 16
Jahre unter Tage gearbeitet. Das war auch der Grund, warum er nicht zur
Wehrmacht eingezogen wurde. Außerdem hatte er eine Schußverletzung an
der linken Hand aus dem Ersten Weltkrieg.

Mein Vater, der niemals klagte, legte sich plötzlich ins Bett, hustete ganz
schrecklich und starb. Der sofort herbeigerufene Inselarzt, Dr. Ehrhardt, konnte
nur noch seinen Tod feststellen. Erna Behrend, eine gute Bekannte meiner
Mutter, half ihr, den Toten zu waschen und mit seinem besten Anzug zu
bekleiden. Er lag aufgebahrt im Schlafzimmer meiner Eltern. Als alle
Erwachsenen das Zimmer verlassen hatten, ging ich hinein. Die Hände meines
Vaters waren gefaltet, seine Augen geschlossen. Ich berührte sein Gesicht
und versuchte, einen seiner Finger gerade zu biegen. Er war so kalt. Ich
begriff plötzlich, daß er nicht mehr lebendig war. Ich hatte aber keine Traurigkeit

in mir. Die stellte sich erst ein, als der Sarg meines Vaters auf dem Friedhof in das tiefe Loch versenkt wurde und der Sand polternd hineinfiel.

Da begriff ich, was tot sein bedeutet. Ich stand vor einem absoluten Nichts. Nie mehr den Himmel sehen, nie mehr Blumen riechen, nie mehr Möwen hören. Nur noch Finsternis da unten in der Erde.

Pastor Arnold Gustavs hielt die Totenrede, gab meiner Mutter und mir aber nicht die Hand – aus Angst vor einer Ansteckung, denn alle glaubten, mein Vater sei an Tuberkulose gestorben.

Entweihung

Ich war auf dem Friedhof, um das Grab meines Vaters in Ordnung zu bringen als ich Ute P. traf.

Ute sollte auf der Orgel in unserer Inselkirche üben. Wir gingen auf die Empore und beschlossen ein Konzert besonderer Art zu geben. ʻEine Seefahrt, die ist lustigʼ stand auf unserem Programm. Ich trat den Blasebalg, Ute spielte und wir beide sangen aus vollem Halse die sehr unchristlichen Strophen. Pastor Arnold Gustavs hörte das Getöse bis ins Pfarrhaus und kam in die Kirche gestürzt, die Standpauke haben wir lange nicht vergessen. "Das Lied haben wir für die toten Seeleute gespielt", sagte Ute.

Die Vase

Ich war 9 Jahre alt. Meine Mutter und ich fuhren Mitte September nach Stralsund, Zahnarzttermine, Lunge röntgen und ein wenig einkaufen. Das war die Tagesordnung. Vor unserer Abfahrt hatte ich mein kleines hölzernes Spardöschen geleert, um für meine Mutter, die am 24. September Geburtstag hatte, ein Geschenk zu kaufen. Ich besaß 8,47 Mark. Sehr reich kam ich mir vor!

Vor dem großen Geschäft von Goldschmied Stabenow, gleich hinter dem Rathaus, blieb ich stehen und sah die exquisiten Auslagen staunend an. Ich bat meine Mutter zu warten und sie sollte auf keinen Fall in das Geschäft kommen. Herr Stabenow bediente mich persönlich und erkundigte sich ausführlich nach meinen Wünschen. Es sollte ein Geschenk für meine Mutter zum Geburtstag sein erklärte ich ihm. Er führte mich durch seinen großen Laden, zeigte mir Schmuck und andere Dinge. Mein Blick fiel auf eine weiße Porzellanvase, die ein zartes Blumenrelief als Bauchbinde hatte. "Die möchte ich kaufen", sagte ich. "Oh, einen guten Geschmack hast du und einen Blick für Qualität", sagte er und wir gingen zur Kasse. "Wieviel Geld hast du denn?" fragte er, als er mein kleines Geldsäckchen sah.

"Acht Mark siebenundvierzig" antwortete ich ganz stolz. "Also die Vase kostet sieben Mark fünfzig". Ich fand den Preis hoch, ich hatte doch so lange gespart. Er ließ die Vase wunderschön verpacken und brachte mich zur Tür. "Alles Gute für deine Mutter", so verabschiedete er sich von mir.

Zu Hause angekommen wickelte ich heimlich die Vase aus, um mich an ihr zu erfreuen. Unter dem Fuß stand der Preis: 38,50 M. So bleibt ein Goldschmiedemeister durch wunderbare Erinnerungen unsterblich.

Der Weihnachtsbaumschmuck

Die einzige Tochter von Familie Niemann, Süderende, starb an einem 24. Dezember, am Heiligen Abend. Seitdem gab es für Niemanns kein Weihnachten mehr.

Jahrelang durfte ich am 23. Dezember die wunderschönen, reich verzierten Weihnachtsbaumkugeln von ihnen borgen. Es waren drei große Schachteln voll. Rosa Kugeln mit weißen Girlanden und eine Spitze mit vielen Glöckchen.

Am 24. Dezember, an meinem Geburtstag, schickte mich meine Mutter immer zu Niemanns mit selbst gebackenen Plätzchen und ein paar frischen Hühnereiern. Frau Niemann kochte mir einen Kakao und beide drückten mich zum Abschied. Ich ließ sie mit ihrer Trauer zurück.

1. Mai

Ab Mitte April fingen wir Kinder an, uns auf den 1. Mai zu freuen. Wir stellten Birkenzweige zum Austreiben in Wassereimer, um eine gute Dekoration für unseren Umzug zu haben. Wir malten große Plakate mit bunten Blumen und schrieben in Druckbuchstaben unsere Losungen:
- Großes Kinderfest in der 'Heiderose'
- Möweneieressen und Erbseneintopf
- Tanz in den Mai
- Viele Spiele für Kinder und Erwachsene.

Das waren damals unsere 'Kampflosungen' zum Tag der Arbeit! Alles verlief ohne Zwänge. Morgens um 10.00 Uhr traf sich die Dorfbevölkerung an der Schule und wir wanderten in Richtung Süden zum Gasthof 'Heiderose'. Leute aus Grieben und Kloster schlossen sich an und die Süder hatten es nicht weit. Der Gasthof 'Heiderose', von Familie Krüger betrieben, empfing uns alle festlich geschmückt mit kulinarischen Delikatessen. Ein großer Kessel mit gekochten Möweneiern war die Attraktion. Einen Tag vorher wurden die Eier auf der Fährinsel gesammelt und am 1. Mai morgens fachmännisch gekocht. Möweneier sehen wunderbar aus. Grau-grün gesprenkelt – nicht ganz so groß wie ein Hühnerei. Das Dotter dunkelorange und von deftigem Geschmack. Alle konnten sich nach Herzenslust bedienen. Der Riesen-Erbseneintopf von Krügers gekocht war ein Erlebnis.

Es gab traditionelle Spiele wie beispielsweise das Vogelschießen. Ein großer hölzerner Vogel mit einem Eisennagel als Schnabel, an einem langen Strick an einen Baumast gehängt, mußte auf eine Zielscheibe geschwungen werden. Den Hauptpreis, einen Räucheraal, bekam der Schütze, der das Schwarze getroffen hatte. Bücklinge waren der zweite und dritte Preis. Eine Blaskapelle von der Insel Rügen spielte zum Tanz auf. Alles verlief friedlich, alle waren zufrieden. Wir Kinder mußten ab 19.00 Uhr nach Hause gehen und waren glücklich und voll von herrlichen Erlebnissen.

Die Hiddenseer erinnern sich gern an die Maifeiern der ersten Jahre nach dem Krieg.

Wissensdurst

Auf der Wiese vor unserem Haus weideten oft Kühe. An langen Stricken angetüdert fraßen sie gemächlich die Wiesen kahl.

Wir Kinder fragten uns oft: Wieviel Liter pinkelt eine Kuh?

Wir bewaffneten uns mit einem Zinkeimer und legten uns auf die Lauer. An der Stellung des Schwanzes konnten wir erkennen, ob das größere Geschäft kommt oder nur Pipi. Als der Schwanz den Pipibogen machte, stürzten wir hin und stellten den Eimer an die richtige Stelle. Ihr Wasser donnerte in den Eimer und die Kuh guckte erstaunt nach hinten. So einen Lärm war sie nicht gewöhnt. Der Eimer war gut halbvoll. Im Biologieunterricht konnte ich dem Lehrer eine Frage nicht beantworten und wurde gerügt. Daraufhin fragte ich ihn: "Wissen Sie denn überhaupt, wieviel eine Kuh pinkelt und wie schön es ist, barfuß in einen frischen Kuhfladen zu treten?" Er verneinte beides. Er hat mir keine miese Zensur gegeben.

Die wilde Kuh

Karl Schluck besaß, wie fast alle Fischer, eine Kuh. Familie Schluck wohnte nicht weit von uns entfernt. Jeden Morgen brachte er sein schwarz-weiß geflecktes Tier auf die Weide vor unserem Haus. Sie wurde angetüdert. Das heißt, sie hatte einen Strick um den Hals, er war lang und endete angeknotet an einem zugespitzten Eisenpfahl, der in die Erde gerammt wurde. Die Kuh fraß dann einen exakten Kreis aus der guten gehaltvollen Wiese. Das Tier, mit einem sehr eigenwilligen Charakter ausgestattet, konnte den langen Strick nicht akzeptieren und befreite sich regelmäßig von ihren Fesseln. Dann preschte sie los, machte Bocksprünge wie ein spanischer Kampfstier, schlug aus, rannte Gartenzäune nieder und fraß uns regelmäßig eine kleine Pappel hinter unserem Gartenzaun ab. Die Nachbarschaft geriet in Panik. 'Schluck sien Kau is los!'

Nur Karl Schluck konnte sie bändigen. Ihn liebte sie und folgte aufs Wort. Nur er durfte sie melken - kein anderer. Als er krank war und im Bett lag, mußte die Kuh bis an die Haustür geführt werden und Karl wurde bis ans Euter getragen.

Auch eine wilde Kuh hat Charakter!

Strandräuber

Die Hiddenseer sollen in früheren Jahren berüchtigte Strandräuber gewesen sein. In bösen Geschichten wird behauptet, daß sie in stürmischen Nächten die Lichter der Leuchtfeuer löschten und sich über die hilflos gestrandeten Schiffe freuten, die dann zum Ausplündern einluden.

1953 geriet ein dänischer Frachter vor dem Darßer Ort in Seenot und mußte seine gesamte Ladung über Bord werfen. Es waren etwa vier bis fünf Meter lange Teakholzbretter die nun gen Hiddensee schwammen. Der dänische Kapitän meldete es den Behörden unserer Insel, aber wir waren schneller. Alle rannten zum Strand und zerrten das kostbare Gut in sichere Unterkünfte. Wir wohnten damals unmittelbar am Strand. Es gelang mir 5 Bretter zu erobern und sie einzeln nach Hause zu schleppen. Es war äußerst anstrengend, denn Teakholz ist schwer. Ich versteckte die langen Bretter unter einer Plane, die Polizei war schon am Strand und wollte den Strandräubern Einhalt gebieten. Sie gaben sogar Warnschüsse ab. Tagelang kontrollierten sie noch die Anwesen der Inselbewohner. Uns kontrollierten sie nicht. In dem Haus wohnt ja nur eine Witwe mit ihrem kleinen Mädchen. Der dänische Frachter erhielt einen geringen Teil seiner Fracht zurück. Tischlermeister Gottschalk bekam meine fünf Bretter und reparierte dafür unseren Hühnerstall.

Strandgesetze

Abgesehen vom kostbaren Bernstein spült das Meer bei großen Stürmen viel Nützliches an das Ufer. Sehr begehrt waren Bretter, Balken, hölzerne Fischkisten und Fässer. Ich sammelte unseren gesamten Holzvorrat für den Winter am Strand. Oftmals waren es lange, schwere, unhandliche Balken oder Bretter. Diese Fundstücke wurden bis zur Düne geschleift und galten dann als Eigentum des Finders. Niemals kam es vor, daß sie verschwanden. Es war ein eisernes Strandgesetz. Verstieß man dagegen, war es einem Diebstahl gleichzusetzen.

Der Tüpfelkrug

Bei uns in Grieben steht in der Küche ein rot-blau-weiß gemusterter rustikaler Tüpfel-krug. Man sieht ihm an, daß er schon seit vielen Jahren in Gebrauch ist.

Max und Grete Beier hatten in Vitte, zwischen Podschun und Thürke, direkt an der Straße, eine wunderbare Andenkenbude, ein solides Gebäude aus rotbraunen Brettern gebaut. Herr Beier, auch Bernsteinmax genannt, bot dort seine Erzeugnisse an. Außerdem gab es solide Keramik und gute Webwaren. Wenn ich aus der Schule kam, bin ich immer in das Häuschen gegangen und habe

alles bewundert. Frau Beier stammte aus Dresden aus gutem Hause. Sie verliebte sich in den Fischer Max Beier und blieb auf der Insel. Eine Frau mit Stil und Geschmack. Sie beobachtete mich, wie ich immer wieder diesen Krug in die Hände nahm und von ihm fasziniert war. Eines Tages sagte sie: "Margotchen, nimm ihn mit, ich schenke ihn Dir!" Überglücklich kam ich zu Hause an und erzählte es meiner Mutter. Meine Mutter ging abends zu Beiers

und überzeugte sich von der Richtigkeit meiner Erzählung. Es ist nicht so selbstverständlich Kostbares geschenkt zu bekommen.

Das Experiment

Alle 14 Tage kam der Fleischermeister Heller aus Stralsund nach Hiddensee. Ein Raum im Hafengebäude in Vitte wurde zur Fleischerei umfunktioniert. Damals gab es noch Fleischmarken, aber es war nie sicher, daß der Vorrat reichte. Man mußte sich rechtzeitig anstellen – wir Gören wurden vorgeschickt. Meistens waren wir die Ersten. Wir malten in den Sand vor der Tür des Verkaufsraumes Kreise mit unseren Namen. Und diese Kreise standen für uns an. Die Erwachsenen akzeptierten das. Wir verkürzten uns die Zeit, in dem wir in das Hafenbecken sprangen, von allen Pollern Köppis machten und nach Tellern tauchten. Eines Tages - wir saßen alle nebeneinander auf der Kaimauer - fragten wir uns, ob man vielleicht in 3 Meter Tiefe sein größeres Geschäft verrichten kann und was dann wohl passiert. Wir horchten alle lange nach innen, Peter verkündete, endlich so weit zu sein und es könne losgehen. Er tauchte ab und nach kurzer Zeit erschienen eine stattliche Wurst und sein Kopf zur gleichen Zeit an der Wasseroberfläche. Das Ergebnis seiner Bemühungen schwamm sanft an seinem Mund vorbei und wir sind vor Lachen bald geplatzt. "Ihr Ferkel" sagten die Erwachsenen.

Guckkästen

Zeesenboote hatten für uns Kinder eine besondere Anziehungskraft. Sie ankerten wegen ihres Tiefgangs weiter draußen und wir mußten einige Mühen aufwenden, um zu ihnen zu gelangen.

Jedes Boot hatte einen Guckkasten an Bord: ein 15 Zentimeter hoher Holzrahmen, cirka 60 mal 60 cm groß, versehen mit einer dicken Glasscheibe. Legte man diesen auf das Wasser, konnte man die phantastische Unterwasserwelt bestaunen. Stundenlang paddelten wir auf dem Bodden herum, zwischen uns den Guckkasten und wir brachten ihn unbeschädigt an Bord zurück. Trotzdem war es ratsam, sich nicht vom Zeesenfischer erwischen zu lassen.

Ein Geruch meiner Kindheit ist der Geruch einer Zeese: Teer mit einer Prise Seetang und Fisch.

Zeese (rekonstruiert)

Der Heckensturz

Ich lernte das Fahrradfahren auf einem Herrenrad. Da unsere Beinchen einfach noch zu kurz waren, traten wir die rechte Pedale unter der Querstange. Es war ein ziemlich schiefes Unternehmen, aber wir kamen vorwärts. An einem späten Nachmittag übte ich auf unserer Dorfstraße Norderende. Karl Schluck kam vom Melken und hatte an seinem Fahrrad die große gefüllte Aluminium-Milchkanne hängen. Vor Gisi Thürkes Grundstück befand sich damals eine Dornenhecke und genau dort raste ich mit meinem Fahrrad in das Milchgefährt von Karl Schluck. Er flog in die Dornenhecke, die Milch floß auf die Dorfstraße.

Ich war wie versteinert, half ihm aus der Hecke. Er sagte kein Wort und schob sein Rad ohne Milch nach Hause. Seit dem Ereignis hatte ich panische Angst vor Karl Schluck. Ich ging ihm aus dem Weg und hatte immer ein schlechtes Gewissen.

Es gab eine sehr späte Wiedergutmachung. 1959 war ich mit meinem jetzigen Ehemann und Freunden bei meiner Mutter zu Gast. Karl Schluck hatte seine Reuse weit draußen ausgelegt und er wußte, daß wir Taucher dort regelmäßig vorbeischnorchelten. Eines Tages fragte er mich: "Is wat in miene Rüs?" Ich sagte, es lohne sich nicht sie einzuholen - ein Hecht, zwei Dorsche, weiter nix! Ab jetzt konnte er gezielt dorthin rudern.

24

Eines Tages, es war ein trüber, regnerischer Tag, kam ein gigantischer Aalzug vorbei. Wir entdeckten ihn und fingen massenweise den begehrten Fisch. Ich ging zu Karl Schluck und sagte nur: "Belegen sie heute alle Aalschnüre die sie haben!" Er fuhr in seine Holzpantinen und holte sich Tobse, die Köderfische. Am nächsten Morgen waren alle Haken besetzt und sein Ruderkahn voller Aale. Da verließ mich die Angst vor Karl Schluck. Wir waren ab jetzt die besten Freunde.

Hafen Vitte

Das Bonbonglas

Dort, wo sich Norder- und Süderende und der Wiesenweg treffen, steht wie ein großer Schiffsbug das Haus von Walter Freese. Er betrieb in diesem Gebäude, welches gleichzeitig sein Wohnhaus war, einen Feinkostladen. Regale mit geschnitzten Paneelen ragten bis zur Decke. Eine wunderbare alte Registrierkasse stand auf dem Tresen und die Geräusche, die sie beim Bedienen machte, habe ich heute noch im Ohr. Freeses Kundschaft wurde individuell und freundlich behandelt. Walter war immer zu Späßen aufgelegt, und wenn ich von der Mutter zum Einkaufen geschickt wurde war das keine Arbeit, sondern ein Vergnügen. Mehl, Zucker, Grieß und Ähnliches waren in Schüben untergebracht. Alles wurde auf einer Tafelwaage sorgfältig abgewogen, die Papiertüten kunstvoll zugeknifft.

Nach dem Bezahlen der Ware schielte ich wie gebannt auf das große Bonbonglas, das neben der Registrierkasse stand. Es war gefüllt mit klebrigen Dropsen. Einige davon gelangten mit Hilfe einer langen Zange aus Freeses Händen in meine mitunter nicht ganz sauberen Finger. Glücklich verließ ich den Laden und hoffte auf weitere Aufträge meiner Mutter.

Das Ehepaar Freese

Betty

Der Laden von Betty Gau in Vitte, Sprenge, war für uns Kinder von großer Anziehungskraft. Ein Geschäft in dem es fast alles gab. Es roch nach Sauerkraut, Salzhering, Seifenpulver, nach Zwiebeln und vielen Gewürzen. Sie handelte auch mit Geschirr und Utensilien des täglichen Bedarfs. Sie war eine resolute freundliche Frau, hatte für alle ein herzliches Wort und gute Ratschläge. Frauen hielten sich gern bei ihr auf, ebenso wir Kinder. Suchte man etwas ganz Bestimmtes, besorgte sie es auch. Meine Mutter brauchte eine große irdene Schüssel, um Kuchenteige anzurühren. Betty besorgte sie. Die Schüssel wurde zum Heiligtum erklärt, sie lebt heute noch. Sie steht in Grieben im Küchenschrank und hat in den vielen Jahrzehnten immer Kuchenteig beherbergt.

Bettys Sohn Siegfried war einige Zeit mein Banknachbar in der Schule. Wir vertrugen uns gut. Er gehörte zu den schweigsamen Menschen, das ganze Gegenteil von seiner Mutter, die mit allen Leuten eifrig kommunizierte.

Betty Gau starb 1959 mit 59 Jahren. Sie hinterließ eine große Lücke in unserem Dorf.

Betty Gaus Laden

Jacki

Fräulein Jackstädt, von den Hiddenseern nur Jacki genannt, betrieb eine winzige Buchhandlung im Haus neben Rohdes. Ihr Wohnzimmer war die Buchhandlung. Sie hatte sogar ein kleines Schaufenster. Vom Wohnzimmer gelangte man in einen schmalen Raum mit Blick auf Rohdes Garten. Dieses Zimmer teilte sie mit sechs Katzen und einem Terrier. In der Ecke stand ein Kocher, auf dem sie die Mahlzeiten für ihre Tiere und für sich selbst zubereitete. Sie schlief auf einem durchgelegenen größeren Sofa zusammen mit ihren Katzen und umsorgte sie rührend. Der Geruch in ihrer Buchhandlung war manchmal entsetzlich. Wir flohen oft nach draußen und mußten Luft holen.

Jacki war aus gutem Hause. Sie war irgendwie auf Hiddensee gestrandet, nie verheiratet und wurde so zur Einsiedlerin. Sie war immer sehr lässig gekleidet und frisiert. Das Schlimme aber war ihr Gebiß. Es paßte nicht richtig und war ständig lose. Das Gespött der Kinder ertrug sie mit Würde - ihr Terrier nicht, er knurrte, bellte und mitunter schnappte er nach uns.

Mich interessierten die Bücher, die sie zum Verkauf anbot. Eines Tages schenkte sie mir 'Tiere die mir Freunde waren' von Alfred Buckowitz, das erste eigene Buch in meinem Leben. Meine Freude war groß und ich bot mich an, bei ihr sauber zu machen. Zwei meiner Freundinnen und ich schrubbten das Zimmer und die Buchhandlung und sie war glücklich. Dann überredete ich sie, den Katzen Freiheit zu gönnen. Von nun an durften sie zum Fenster hinaus und sich an der Natur erfreuen. Der strenge Geruch ließ nach.

Das Buch besitze ich heute noch und es erinnert mich an eine Individualistin mit viel Herz und an die erste Buchhändlerin nach dem Krieg auf Hiddensee.

Andenken

Im Zentrum von Vitte hatten die Geschwister Jänicke ihre Andenken-bude. Beide Damen stammten aus Stralsund und waren vom Frühjahr bis zum Herbst auf der Insel. Es waren freundliche Frauen, meistens adrett in Weiß gekleidet. Weiß waren auch ihre beiden Holzhäuschen. Das linke diente ihnen als Unterkunft, das rechte war ihr Geschäft. Für uns Kinder war es immer ein Ereignis, wenn sie ihre Schätze im späten Frühjahr ausbreiteten. Wir halfen ihnen oft, die Kartons und Kisten vom Hafen hoch zu transportieren. Wir durften sogar beim Auspacken helfen und so manches beschädigte 'Andenken' wurde an uns verschenkt.

Sie gehörten zur Insel wie die Möwen. Ich war längst verheiratet, da gab es sie noch und ich konnte meinem Mann von ihrer Güte und Freundlichkeit erzählen.

Das Luder

Olga Hübner war die Schwägerin unserer Nachbarin Marie Hübner. Sie wohnte mit ihrem Mann, sein Spitz- oder Ökelname, wie man auf Platt sagt, war Schnabelschulz, in Vitte in der 'Bucht'. Sie besaßen eine Ziege, ein großes schönes Tier mit stattlichen Hörnern und einem Rieseneuter.

Jeden Tag wurde die Ziege (de Zeech) auf die Wiese gebracht und abends wieder nach Hause geholt. Da sie groß, stark und störrisch war, konnten die alten Herrschaften sie nicht mehr bändigen. Sie baten mich, ihnen zu helfen. Jeden Abend brachte ich die Ziege nach Hause. Sie war willig und folgte mir ohne Probleme. Von Tante Olga wurde sie gemolken und ich bekam immer eine Tasse warme Ziegenmilch, die ich sehr gerne trank, und dazu eine dicke Stulle.

Eines Abends zottelte ich mit der Ziege an langer Leine gemütlich in Richtung Stall, da nahm sie einen Anlauf und rammte mir ihre glücklicherweise gebogenen Hörner ins Hinterteil. Ich flog lang hin und es tat weh. Ihre Augen leuchteten voller Schadenfreude und ihr dicker Kinnbart zuckte. Meine Wut war riesengroß! So etwas Tückisches und dann noch von hinten! Ich habe sie ganz fürchterlich an ihrem Schwanz gezogen und zusätzlich hineingekniffen.

Ab da waren die Fronten klar. Nie wieder hat sie versucht, mich zu stoßen. Sie hätte es sicherlich gerne getan, ich habe es ihren Augen angesehen.

Bobbi

Eine zarte Dackeldame und ein großer weißer Spitz waren die Eltern von Bobbi. Die Besitzer der Dackelin waren empört, daß sie sich mit einem Dorfköter eingelassen hatte. Unsere Nachbarin, Marie Hübner, ihr Spitzname war Marika Rökk (Temperament und rote Haare), hatte den Auftrag, den gesamten Wurf zu töten. Marika schlachtete für die Nachbarschaft Hühner und Kaninchen und beförderte mitunter Katzen- und Hundewelpen ins Jenseits.

Marika war eine resolute, interessante und immer zu Streichen aufgelegte Frau. Sie betrachtete die Welpen, verliebte sich in einen Rüden und taufte ihn auf den Namen 'Bobbi'. Er wurde der Gefährte meiner Kindheit.

Jeden Abend gingen wir beide am Strand spazieren. Er badete in der Ostsee und soff ausgiebig Salzwasser. Nach seinem Abendbrot, es bestand fast immer aus zwei Leberwurststullen, legte er sich in das Bett von seinem Herrchen, Otto Hübner, und wärmte ihm das Fußende. Wehe der Hund versäumte es, rechtzeitig seinen Platz im Bett einzunehmen. "Go to Bed, Bobbi" befahl dann Otting und der Hund gehorchte aufs Wort.

Korl Dins kümmt

Karl Dinse war mit Otto Hübner befreundet und besuchte ihn oft.

Eines Tages gab er dem kleinen Bobbi ohne Grund einen mächtigen Tritt mit seinen Holzschuhen und der kleine Kerl hatte sicherlich große Schmerzen.

Bobbi haßte Karl Dinse seitdem abgrundtief. Sah er ihn, wurde er rasend und der alte Dinse mußte auf Bänke klettern, um sich zu retten.

Wenn wir Kinder aus Spaß dem Hund zuriefen: "Korl Dins kümmt!", setzte er sich auf die Hinterpfoten - wegen der besseren Aussicht - knurrte und fletschte die Zähne.

Bobbi hat Karl Dinse überlebt. Er wurde zwanzig Jahre alt, ein langes Hundeleben.

Marie und Otto Hübner
mit Bobbi

Der Fuchs

Bobbi war ein halbes Jahr alt und führte ein beschauliches Hundeleben. Wir Kinder spielten mit ihm und eine besondere Attraktion war die Vorführung mit Marias Blaufuchskragen. Meine Mutter besaß so ein Pelzding mit Kopf, vier Beinen, langem buschigen Schwanz und Glasaugen. Heimlich holten wir ihn aus dem Kleiderschrank, unterstützten ihn von der Bauchseite, so daß die Beine schlapp herabbaumelten. Knurrend bewegten wir uns auf Bobbi zu. Er wurde wild, griff den Kragen an und eines Tages erwischte er den Schwanz, riß ihn ab und lief davon.

Jetzt hatte der Blaufuchskragen seine größte Zierde verloren und meine Angst vor der Entdeckung des Schadens war groß. Ich packte ihn sorgfältig in die hinterste Schrankecke.

Glücklicherweise trägt man auf der Insel so etwas Elegantes nicht, und es vergingen viele Jahre, bis meine Mutter diesen Schaden bemerkte.

"Es müssen wohl die Motten gewesen sein", sagte sie.

Bobbi
Zeichnung Margot Gudjons 1950

Das Gedicht

Klein-Siegfried wurde zum Ärger seiner Mutter oft von den größeren Kindern aufgefordert, ein Gedicht aufzusagen.
"Siegfried, wi gäben di ook een Gröschen!"
Mit ernster Miene trug er vor:
   "Fiekentrien hätt Reuben fräten
   Dorub hätt se drunken
   Hätt een groten Kötel schäten
   Ei wie hätt dat stunken."
Was tut man nicht alles für 10 Pfennige!

Rache

Über viele Jahre besaßen wir immer 6 bis 8 Hühner. Wir hatten einen artgerechten Hühnerstall mit guten Schlafstangen und vielen Nestern. Der Strand spülte oft kleine Holzkisten an, die wir mit Stroh polsterten. Unsere Hühner nahmen sie gerne zur Eiablage. Ein Porzellanei zur Stimulation kam noch dazu. Da unsere Tiere frei herum laufen konnten, waren es Eier von hervorragender Qualität.

Unsere Nachbarin Marika, die keine Hühner besaß, hatte sich einen schlauen Trick ausgedacht. Sie stellte etliche verlockende Nester in ihren offenen Schuppen und unsere Hühner legten häufig dort ihre Eier. Das ärgerte mich maßlos und ich beschloß, mich zu rächen. Ich bohrte ein Ei beidseitig an, pustete es aus, verschloß das untere Loch. Das Obere vergrößerte ich und füllte das Ei mit Sand und Wasser, bis es annähernd das Gewicht eines normalen Eies hatte. Es hat lange gedauert, bis beide Löcher total getarnt waren. Ich schlich mich zum Stall von Marika und legte das Ei in eines der Nester. Tage später schüttelte sie drohend ihre Faust in meine Richtung - sagte aber nichts.

Viel später erzählte sie meiner Mutter, daß sie einen Sandkuchen backen wollte. Dazu braucht man viele Eier. Auch das präparierte Ei schlug sie in die Schüssel und der Name Sandkuchen hatte seine Berechtigung.

"Warst du das?" fragte meine Mutter. Ich zuckte nur mit den Schultern. Fortan war der Stall von Marika geschlossen.

Die Buddel

Schon als Kind war ich ein Frühaufsteher. Mein erster Weg, manchmal noch im Nachthemd, führte mich zum Strand. Wir mußten nur die hintere Gartenpforte öffnen und der Strand lag vor uns. Nach einer stürmischen Nacht spülte das Meer oft ungeahnte Schätze an. Eines frühen Morgens entdeckte ich ein Holzkistchen. Es lag noch halb im Wasser. Es war sorgfältig vernagelt und ich entzifferte die Aufschrift 'Jamaica-Rum'.

Drei meiner engsten Spielgefährten und ich hatten uns im dichten Sanddorngestrüpp zwischen unseren Häusern und dem Strand eine Räuberhöhle gebaut. Man erreichte sie vom Meer aus nur kriechend und befand sich am Ende in einem etwa 2 Quadratmeter großen Raum. Wände und Fußboden bestanden aus angespülten Brettern und Balken, eine alte Persenning war unser Dach, Sitzgelegenheiten waren hölzerne Fischkisten. Für unsere 'Notverpflegung' hatten wir eine Speisekammer ausgehoben und mit Bohlen abgedeckt. Da hinein schleppte ich die kleine Kiste. Nach der Schule rief ich meine Crew zusammen und wir öffneten die Schatzkiste unter großen Mühen. Eine dickbauchige Flasche kam zum Vorschein. Die untere Hälfte hatte ein Geflecht aus Bast. Das schillernde Etikett mit der Aufschrift 'Jamaica-Rum' beeindruckte uns. Der Siegellackverschluß war nur noch eine kleine Hürde, aber dann strömte ein bezaubernder Duft aus dieser Flasche. "So riecht es bei Opa, wenn er sich einen Grog macht", sagte Gisela, die Enkelin von Hübners. Die Buddel wurde sorgfältig in unserer Speisekammer verstaut. Kein Wort zu den Erwachsenen war unser Schwur.

Beim Abendbrot schnüffelte meine Mutter dauernd herum und meinte, Alkohol zu riechen. Ich machte ein unschuldiges Gesicht.

Das Meer droht

Am 4. Januar 1954 frühstückte ich mit meiner Mutter gemütlich, packte dann meine Schulsachen ein und trat vor die Haustür. Es lag ein eigenartiges Grollen in der Luft, alles wirkte irgendwie bleiern. Es war noch nicht ganz hell aber ich sah eine andere Landschaft als sonst. Eine große Fläche vor unserer Gartenpforte in Richtung Osten breitete sich aus, alles war eingeebnet auch unser Wall vor den Wiesen. Ich tappte durch hohes Wasser zur hinteren Gartenpforte und kontrollierte die Ostsee. Sie sah schwarz aus, hatte eine hohe Dünung und das Wasser war nur noch 20 Meter von uns entfernt. An Schule war nun nicht mehr zu denken. Wir hatten 1,90 Meter über NN - es gab Hochwasseralarm. Als es richtig hell wurde entdeckte ich zahlreiche Tiere auf unserem Grundstück, die sich vor dem Hochwasser aufs Trockene gerettet hatten. Zwei Feldhasen bezogen Quartier unter unserem Stall, ebenfalls drei Igel und jede Menge Mäuse und zwei Ringelnattern gehörten dazu. Ich fütterte die Tiere mit Möhren, Hühnereiern und allerlei Küchenabfällen. In der großen Not vertrugen sie sich alle.

Die Sturmflut war heftig, wurde aber nicht gefährlich für die Bevölkerung. Der befürchtete Durchbruch am harten Ort, dort wo der Rettungsmast stand, konnte durch Sandsackbarrieren verhindert werden. Die kasernierte Volkspolizei war voll im Einsatz und viele Hiddenseer halfen.

Mit dem Zurückgehen des Wassers verließen - bis auf die Igel - alle Tiere die Zuflucht unter dem Schuppen. Die Igel setzten ihren Winterschlaf fort und auch die Inselbevölkerung konnte wieder ihre Nachtruhe genießen.

Das Heimatmuseum

Das Heimatmuseum wurde 1954 eröffnet und erfreute sich bei den Bade- und Tagesgästen großer Beliebtheit. Die Hiddenseer waren stolz, daß ihre Tradition und Bräuche den Menschen nahe gebracht wurden. Damals waren nur Hiddenseer dort beschäftigt: Gründer und Leiter war Karl Ebbinghaus, angestellt waren die Hiddenseer Maria Gudjons, Trude Schluck, Betty Hildebrandt, Irma Tensing, Kapitän a.d. Robert Schluck, Richard Niemann. Sie alle konnten den Besuchern beste Auskunft über die Insel erteilen.

Im Laufe der Jahre wurde das Museum immer mal wieder umgeräumt. Der ausgestopfte letzte Fischotter aus Neuendorf wurde wegen Mottenfraß beseitigt. Es mußten Prospekte aus den zwanziger und dreißiger Jahren aus den Vitrinen herausgenommen werden, die zeigten, wie einfach es früher einmal war, auf die Insel zu gelangen. So gab es beispielsweise eine Flugverbindung Stralsund-Hiddensee mit einem Was- serflugzeug JU 33.

Zu DDR-Zeiten hatten wir nur hoff- nungslos überfüllte Postboote ab Schaprode und die ständig ausge- buchten Dampfer ab Stralsund, aller- dings war die Überfahrt billig und für jedermann erschwinglich.

Trude Schluck, Karl Ebbinghaus,
Maria Gudjons

Karl Ebbinghaus und das Heimatmuseum

Seit 1945 lebte Karl Ebbinghaus auf Hiddensee. Ihm ist es zu verdanken, daß die Insel dieses kleine wunderbare Museum besitzt. Es befindet sich im Gebäude des Seenotrettungsdienstes in Kloster. Herr Ebbinghaus sammelte auf der Insel historische Gebrauchs- und Kunstgegenstände und Fische- reigeräte. Es kam auch eine beachtliche Sammlung von Steinwerkzeugen, Mineralien und Bernstein zusammen. Zusätzlich erbat er Leihgaben von alten Fischerfamilien. Ich denke an das holzgeschnitzte Fischerpaar von Karl Schäwel, an wunderbares Geschirr aus Hiddenseer Ton, Fayencen in Stralsund hergestellt, auch die Nachbildung des Hiddenseer Goldschmucks war in einer Vitrine zu bewundern. Das Museum war damals noch sehr schlicht aber wohl durchdacht.

Eine weitere gute Idee von Karl Ebbinghaus war die Einrichtung eines Terrariums und des Blumentischs. Auch ausgestopfte Seevögel und Fischpräparate gehörten zu den Exponaten. Die Besucher des Museums konnten sich umfassend über die Flora und Fauna Hiddensees informieren. Meine Mutter, die seit der Eröffnung im Museum als Kassiererin arbeitete, war für den Blumentisch zuständig. Ich half ihr oft, dafür inseltypische Blumen und Kräuter zu sammeln.

Im Terrarium lebten eine Ringelnatter und eine Kreuzotter. Zum Entsetzen meiner Mutter, die meistens das Museum morgens aufschloß, war wieder einmal die Kreuzotter entwichen. Karl wurde geholt, er bewaffnete sich mit einer Decke und nach langem Suchen konnte das Tier wieder in das gläserne Gehäuse zurückgebracht werden. Die Kreuzotter war auffällig dick und hatte gewaltigen Appetit. Pro Woche eine Maus. Ich besuchte meine Mutter im Museum, ging wie immer sofort zur Kreuzotter und kam in den Genuß eines seltenen Schauspiels. Das Tier lag in den Wehen. Die erste kleine Schlange verließ ihren Leib (Kreuzottern sind lebendgebärend). Herr Ebbinghaus wurde alarmiert, er brachte noch einen Biologen mit. Unsere Schlange gebar insgesamt dreizehn Babys. Bei Kreuzottern gibt es keine Brutpflege. Alle Tierchen sperrten ihren Rachen weit auf, sie sind von Geburt an giftig. Das Muttertier und alle dreizehn Jungen wurden in die Heide gebracht und ausgewildert. In der Schule wurden wir immer wieder darauf hingewiesen, niemals barfuß durch die Heide zu laufen. Wir haben uns nicht daran gehalten, sind aber auch nie gebissen worden. Kreuzottern sind außerordentlich scheu und fliehen bei den geringsten Geräuschen. Damals, 1954, gab es noch relativ viele Tiere. Heute sind sie fast ausgestorben.

Ähnlichkeit

Hinter unserem Seenotrettungsschuppen, dem jetzigen Heimatmuseum, führte rechts ein breiter Weg zur Andenkenbude von Lotte Gahlke. Ein Bretterbüdchen mit besonderer Anziehungskraft für uns Kinder. Lotte Gahlke besaß einen Schimpansen. Ein Matrose schenkte ihn ihr. Er trug ein quergestreiftes Pullöverchen und kurze dunkelblaue Hosen. Er saß in ihrem Laden, schnitt herrliche Grimassen und machte ständig irgendwelchen Unsinn. Meine Freundin Irmgard kannte ihn noch nicht. Wir machten uns auf den Weg nach Kloster. Unterwegs pflückten wir einen Blumenstrauß für Lotte.

Der Schimpanse, er hieß Jimmy, war gut gelaunt und gab uns seine Hand, strich uns über das Gesicht und lachte. Irmgard sagte: "Harre Gott, de süht ja uut as wie!"

Ballett und heiße Suppe

Gret Palucca, die große Tänzerin und Tanzpädagogin wohnte ganz in unserer Nähe in Vitte. Jeden Tag machte sie einen ausgedehnten Spaziergang am Strand entlang - selbst bei schlimmsten Wetterbedingungen. Angetan mit einer braunen 'Natopelle' (so hießen damals die heiß begehrten West-nylonmäntelchen) und ausgelatschten Gummistiefeln. Das halblange dun-kelbraune Haar strähnig, sah sie immer etwas verfroren aus. Sehr oft besuchte sie uns und meine Mutter lud sie zum Essen ein. Es gab bei uns vor allen Dingen einen guten Eintopf. "Mein Gott, Frau Palucca", sagte meine Mutter, "sie sind so dünn und ihnen ist kalt. Essen sie mit uns." Gret Palucca gewöhnte sich an, ungefähr um die Mittagszeit bei uns reinzuschauen. Sie war uns immer herzlich willkommen. Eine noble und bescheidene Frau. "Frau Gudjons, jetzt werde ich meine Schüler besonders trainieren, nach der heißen und guten Suppe."

Maskenball

Jährlich –ab 1949 – fand der überaus beliebte Maskenball im 'Deutschen Haus' statt.

Lifemusik von Rügen erfreute die Inselbewohner. Auf großen Plakaten wurde der Maskenball lange vorher angekündigt und die Hiddenseer hatten Zeit, sich Verkleidungen auszudenken und die Kostüme zu nähen.

Ich war 15 Jahre alt und beschloß, als Schallplatte zum Ball zu gehen. Meine Mutter nähte mir ein knappes schwarzes Oberteil und einen weiten gelben Rock aus Fahnenstoff. Den Rock bemalte ich mit Noten und dem Text des Liedes 'Brennend heißer Wüstensand' von Fred Bertelmann.

Für meinen Kopf konstruierte ich eine Schallplatte, die mit schwarzem Gummiband meinen Hals umschnürte. Selbstverständlich trug ich eine

Maskenball, Margot Gudjons, 1950

schwarze Maske und war stark geschminkt. Meine langen Zöpfe wurden zu Locken gedreht.

Viele Hiddenseer hatten sich verkleidet und bis zur Demaskierung gegen 23 Uhr wurde wild getanzt und gerätselt, wer wohl hinter den Verkleidungen steckt. Es gab sogar ein Schwein. Ein Fischer hatte sich in ein Federbett einnähen lassen und lief dann auf allen Vieren. Tanzen konnte er in diesem Kostüm natürlich nicht.

Mich forderte ein kräftiger Fischer zum Tanzen auf und schwenkte die „Schallplatte" den ganzen Abend durch den Saal. Er machte mir Komplimente, mein Mund würde ihn verrückt machen sagte er. Vor der Demaskierung mußten alle Masken viele Runden lang im Saal herum marschieren. Eine Jury sollte die schönsten und originellsten Kostüme küren.

Der 1. Preis war eine Buttercremtorte,
der 2. Preis waren vier Räucheraale und
der 3. Preis waren fünf Bockwürste.

Um 23 Uhr fielen die Masken. Ich errang mit meiner Schallplatte den 2. Preis. Den 1. Preis bekam verdientermaßen das unsäglich schwitzende Schwein.

Mein tanzender Fischer war maßlos enttäuscht, hinter der Schallplatte eine Minderjährige vorzufinden.

Monsignore

Die katholische Kirche an der Küste war sehr darauf bedacht, ihre wenigen Schäfchen zu bündeln. Viele Flüchtlinge, die ab 1944 auf die Insel kamen, waren Katholiken. Überwiegend stammten sie aus Schlesien, meine Familie aus dem Rheinland.

Im Jahre 1951 wurden alle katholischen jungen Menschen vom Pfarramt Stralsund erfaßt. Wir sollten in einem Schnelldurchgang zu standhaften Katholiken erzogen werden. Meine Schulfreunde Georg Schubert, Gregor Jatzkowski, Reinhard Mischke, waren dabei. Einige kamen aus Neuendorf, wie unter anderem Heinrich Wanitschke. Per Los wurden wir katholischen Gastfamilien in Stralsund zugeteilt. Ich war über mein Los entsetzt, denn ich sollte bei Monsignore Radek, dem geistlichen katholischen Oberhaupt der Stadt Stralsund wohnen. Völlig am Boden zerstört meldete ich mich bei ihm in der Frankenstraße. Mir wurde ein Zimmer zugewiesen und ich lernte den Prälaten Radek kennen. Er war ein dicker freundlicher Mann, angetan mit seiner schwarzen Soutane erklärte er mir seinen Haushalt. Ich wurde seiner Schwester und Fräulein Herta, der Putzfrau und Köchin vorgestellt. Jeden Abend saßen wir gemütlich in seinem mit edlen Ledersofas ausgestatteten Zimmer. Ich wurde ins Kellergewölbe geschickt, um einen Portwein hoch-zuholen. Er zündete sich eine Zigarre an und erzählte mir dann viel über die Geschichte der Ostseeküste, die Hanse und die alten Handelswege, wie die

Bernsteinstraße und die Salzstraße. Ich habe viel von ihm gelernt und ihn in mein Herz geschlossen.

Jahre später, nach seinem Tod, gab es im Rundfunksender 'RIAS-Berlin' einen ausführlichen Nachruf. Erst dadurch erfuhr ich, daß er der Retter von Stralsund war. So wie Oberst Petershagen für Greifswald, hat er im April 1945 als Parlamentär mit der weißen Flagge die Stadt Stralsund den Russen kampflos übergeben und sie so vor der völligen Zerstörung bewahrt.

Schmerzhaftes Lernen

Religionsunterricht hatten wir bei einem Kaplan. Er sah aus, wie aus Hartholz geschnitzt, hatte stechende Augen und wurde von uns gefürchtet. Wir mußten unerhört viel auswendig lernen und wurden gnadenlos abgefragt. Die heilige Familie und die Geburt von Jesus Christus standen auf dem Stundenplan. Reinhard Mischke wurde vom Kaplan aufgefordert, darüber zu erzählen.

Er faßte es sehr kurz zusammen:

"Maria und Josef waren dort in einem Stall und sie kriegte das Kind. Josef war wütend, weil es nicht von ihm war!"

Der Kaplan lief rot an und riß dem Jungen ein großes Büschel Haare aus.

Abends erzählte ich es dem Prälaten. Nachdem er sich Reinhards Interpretation erzählen ließ, konnte er nur mühsam sein Lächeln unterdrücken. "Sollte es den lieben Gott geben" sagte ich, „muß er doch den Kaplan bestrafen!"

Der Kater

Zum Haushalt des Prälaten gehörte auch ein dicker gestreifter Kater. Wir freundeten uns an und er schlief in meinem Bett. Das durfte niemand wissen, ich machte erst um Mitternacht meine Tür einen Spalt auf und er kam leise herein.

Wir saßen beim Mittagessen, der Kaplan war auch zugegen, da spazierte das Tier ins Zimmer.

Ich fragte den Hausherrn: "Ist ihr Kater eigentlich kastriert?"

Vom Kaplan wurde ich sofort in die Kirche hinuntergeschickt und mußte zur Buße zehn Rosenkränze beten - im Knien natürlich.

Ich kniete fluchend in der harten Kirchenbank und schätzte ungefähr die Zeit ein, die man für zehn Rosenkränze braucht, denn ich wurde kontrolliert.

Abends beim gemütlichen Teil des Tages fragte ich den Monsignore: "Herr Radek, woher weiß denn der Kaplan was 'kastrieren' bedeutet?"

Erstbeichte

Der Tag der Erstbeichte war nicht mehr fern und wir wurden unterwiesen wie ein Beichtstuhl funktioniert. Man kniet nieder, schließt den Vorhang und nähert sich dem Gitter, um seine Sünden dem dahinter sitzenden Priester im Flüsterton mitzuteilen.

Nun waren wir ratlos. Was beichten wir? Wo und wann haben wir gesündigt? Wir tauschten Sünden aus, die keine waren.

Der große Tag der Erstbeichte war gekommen. Ich kniete nieder und gestand dem für mich unkenntlichen Priester, den Kaplan anläßlich des Rosenkranzbetens verflucht zu haben. Mehr Sünden hatte ich nicht auf Lager. "Warst du unkeusch?", fragte er. "Was ist unkeusch?", fragte ich zurück. Er erteilte mir Absolution und zur Buße sollte ich schon wieder Rosenkränze beten und sofort damit beginnen.

Aus den Augenwinkeln sah ich meinen Beichtvater aus dem Beichtstuhl kommen. Es war der Kaplan!

Der gute Manitou

Nach absolvierter Erstbeichte bekamen wir ein Gebetbüchlein und ein kleines Bild mit Jesus Christus darauf geschenkt. Hinten auf dem Bild eine Widmung von Msgr. Radek; ich habe es heute noch. Sofort schrieb ich über das Bild 'Guter Manitou' und wurde dabei von dem stets wachsamen Kaplan erwischt.

Schon wieder sollte ich niederknien und Rosenkränze beten. Ich machte ihm den Vorschlag, dies zu beichten. Endlich hatte ich eine Sünde. Er ließ sich jedoch nicht darauf ein.

Wessingen, Pfarrkirche
Albert B. kie

Christ-König

Abends wollte ich Klarheit haben und ging zum Prälaten. Ich hatte gelernt, daß die Indianer ihren Gott Manitou nennen und wollte wissen, wo denn ein Unterschied sei zu Jesus Christus. Seine Antwort: "Man kann an alle glauben, die Hauptsache ist, man bleibt ein guter Mensch! Bleib so wie du bist, Margot!"

Ich habe ihn nicht vergessen, den Monsignore mit dem großen Herzen.

Kommunion

Der krönende Abschluß unseres katholischen Schnellkurses näherte sich. Meine Mutter nähte mir aus weißer Fallschirmseide ein Kommunionskleid und kam von der Insel ein paar Mal nach Stralsund zur Anprobe. Zur Ausstattung gehörten weiße Strümpfe, ein weißes Blumenkränzchen für das Haar und eine große weiße Kerze, umwunden mit Myrte.

Die Kommunion war ein feierlicher Gottesdienst, die Kirche roch nach Weihrauch, wir mußten vor dem Altar auf Samtpolstern knien und der Prälat verabreichte uns die heilige Hostie. Danach gingen wir zu unseren Kirchenbänken zurück. Leider klebte die heilige Hostie fest an meinem Gaumen, ich kniete tief in der Bank und kratzte sie sorgfältig ab.

Die Aussicht bald wieder auf meine Insel zurück zu kommen machte mich froh und glücklich.

Der Prälat drückte mich zum Abschied, gab mir seinen Segen den ich gern angenommen habe. "Bleib so wie Du bist" sagte er mir zum zweiten Mal.

Das Erinnerungsbild

Nach den für mich unendlich langen Wochen in Stralsund genoß ich meine Insel in vollen Zügen. Ich hatte gelernt, was Sehnsucht bedeutet und wie wertvoll eine Heimat ist. Obwohl diese Heimat nur 30 Kilometer entfernt war, war sie für mich doch so unerreichbar.

Nun mußte aber das Ereignis der Kommunion bildlich festgehalten werden. Mit Max Ebel wurde ein Termin verabredet. Ich mußte das weiße Fallschirmseidenkleid anziehen, weiße Kniestrümpfe und ein weißer Blütenkranz auf dem Kopf vervollständigten meine Kostümierung. Die große weiße Kerze mit der Myrtengirlande wurde mir in die Hand gedrückt und meine Mutter sagte: "und nun beeil dich!" Doch wie sollte ich in diesem Aufzug ungesehen von der Dorfjugend zum Fotografen gelangen? Ich wäre einem Riesengespött zum Opfer gefallen. Ich wählte den Strandweg, kramte noch nebenbei im Strandgut herum, meine weißen Strümpfe bekamen Flecke, aber ich kam ungesehen beim Fotografen an. Er stellte mich vor eine neutrale Wand und kroch unter das schwarze Tuch.

"Wie siehst du denn aus, du hast ja ganz dreckige Strümpfe an" schimpfte er ganz fassungslos. Ich fing an zu lachen und beim dritten Lachanfall wollte er mich hinauswerfen. Nur die Aussicht, noch einmal in dieser Ausstattung zu ihm gehen zu müssen, zwang mich ernst zu sein.

Murmeln

Eine Zeit lang wurden wir Gören vom Murmelspielrausch erfaßt. In jeder Schulpause stürzten wir zu unseren Murmellöchern und es bildeten sich Mannschaften. Meist waren es drei pro Loch. Die Löcher gruben wir in den Wiesenweg, der am Schulgebäude vorbeiführt. Dieser Weg besteht aus schwarzer fester Erde. Dort hineingegrabene Murmelkuhlen hatten eine lange Lebensdauer. Nur Menschen und Pferde waren rücksichtslos und zertrampelten unsere 'Golflöcher'. Wer Westverwandtschaft hatte, die Verständnis für Kinder aufbrachte, besaß stabile hochglänzende Murmeln vom Klassenfeind. Unsere bescheidenen Ostkugeln waren aus bröckligem Ton und die Bemalung hielt einem langen Spiel nicht stand. Demzufolge war eine Westmurmel 10 Ostmurmeln gleichzusetzen. Meine Mutter nähte mir stabile Säckchen mit Kordelzug, in denen ich meine Schätze gut verwahren konnte. Hoch im Kurs standen Schlierenbucker, große Glaskugeln mit wunderbaren Regenbogenfarben oder Stahlkugeln. Für eine Schlierenmurmel mußte man 25 Westkugeln zahlen, Ostwährung wurde nicht entgegengenommen. Schlossermeister Gau, der seine Werkstatt am Hafen in Vitte hatte, wurde von uns Gören sehr umgarnt. Er spendierte uns die heiß begehrten Stahlmurmeln aus Kugellagern. Wenn der Unterricht wieder begann, hatten wir alle pechschwarze rechte Zeigefinger. Der Dreck saß fest, ich konnte ihn erst abends mit Ostseesand abschrubben. Das Murmelspiel ist ein kluges Spiel. Vieles ist zu berechnen: die Kraft des Stoßes, die Entfernung zum Loch und letztendlich zählt die Nervenstärke.

Vitter Schule 1949

Der Not gehorchend mußten damals mehrere Schuljahre gleichzeitig von einer Lehrkraft in einem Klassenraum unterrichtet werden. Daraus ergab sich ein Schulalltag, wie er von unserer Lehrerin Klara Luise von Braun dargestellt wurde (die vorkommenden Namen sind frei gewählt):

In einem großen Raum: Klasse links, 10 Kinder, davor die Lehrerin: "5 x 2 ist?" Liese: "10". "Ja, du mußt aber sauberer schreiben! In letzter Zeit hast du dir schon so schöne Mühe gegeben, das darf nun nicht wieder schlechter werden!" Klasse rechts, 5. und 6. Schuljahr, 26 Kinder. Lehrerin: "Die Schularbeiten vornehmen! Ich will erst die Aufgaben vom 6. Schuljahr nachsehen, das 5. Schuljahr rechnet so lange weiter auf Seite 25, Nr. 12 bis 17." "Ich versteh' die noch nicht!" "Jetzt muß ich erst mit dem 6. Schuljahr rechnen, versuch es mal!" "Mit Bleistift oder mit Tinte?" "Mit Tinte!" "Ich habe aber keine Tinte, die Großen haben sie mir weggeholt!" "Mein Papier ist so schlecht, ich kann nicht mit Tinte schreiben, da, wie das schmiert!" "Du tauchst auch zu tief ein! Wer so schlechtes Papier hat, darf auch mit Bleistift schreiben. Nun will ich aber vom 5. Schuljahr kein Wort mehr hören! Was hast du denn noch, warum heulst du?" "Ich habe doch kein Heft mehr!" "Da hast du einen Zettel von mir, nu' aber los!" "Also 6. Schuljahr, ihr hättet nun wirklich schon Eure Hefte aufschlagen können! Was willst du denn Ernst?" "Der Arthur kneift mich immer, ja, ja!" " Ist nicht wahr, er hat angefangen, er hat mir einen Strich aufs Heft gemacht!" "Ich will das dumme Zeug nicht hören, wer jetzt noch ein Wort sagt, wenn er nicht gefragt ist, kriegt 10 Strafaufgaben, aber saftige, kann ich euch sagen! Gib mal dein Heft, Eberhard!" Die Aufgaben werden vorgelesen, verglichen, wir sind bei der Bruchrechnung, Hauptnenner suchen. Es wird entdeckt, daß manch einer nur abgeschrieben hat, er muß an die Tafel, die ganze Dummheit kommt strahlend zu tage. Alles noch mal erklären, es wurde bereits 100 mal gesagt. Ich glaube jetzt muß es bald klar sein, bin mitten in den Erläuterungen. Renate aus dem 5. Schuljahr ist mit ihren Aufgaben schon fertig, sie meldet sich in die lichtvolle Erklärung der Lehrerin hinein. "Was ist Renate?" "Ich möchte neue Aufgaben!" - auch die Guten können auf die Nerven gehen, Renate muß noch warten, das 6. Schuljahr bekommt erst Aufgaben, verlangt wieder Erklärungen, bekommt gleich die Schulaufgaben für zu Hause auf. Jetzt ist endlich Zeit fürs 5. Schuljahr, einige sind fertig, manche haben nur Quatsch gerechnet, manche gar nichts. Die Tafel soll wieder alle Fragen lösen: große schriftliche Teilungsaufgaben.

Verflixt, es läutet, das 5. Schuljahr hat noch keine Hausaufgaben bekommen. Die müssen noch erklärt werden. "Die Pause ist wieder so kurz, wenn wir jetzt nicht raus dürfen!" "Wiederholt erst noch, was zu morgen auf ist! Nun alle raus, fix, fix!" In der Pause wird erst recht viel gefragt: "Darf ich morgen nach Rügen, Kartoffeln holen mit meinem Vater?" "Der Helmut hat mich gehauen, der ist immer so frech!" "Darf ich schnell Milch holen, meine Mutter ist nicht zu Hause?" Jungens prügeln sich, eine Fensterscheibe ist zerschmissen - keiner ist's gewesen. Eine Frau kommt: "Ich möchte die Lehrerin sprechen. die Kinder haben im Dunkeln wieder meine Kartoffelmiete zertreten. Sie müssen das nicht erlauben, ordentlich mit dem Stock dazwischen, so schlimme Kinder kenne ich überhaupt nicht, das muß doch an der Schule liegen!" Eine andere Mutter findet dagegen die Behandlung ihres Goldsöhnchens allzu streng und ungerecht.

Im 5. und 6. Schuljahr Deutsch und Englisch. "What is it?" "It is a pen!" „How many windows (windofs ist falsch!) are in our class?" "Go to the blackboard!" An der Tafel kann man das englische Wort von Kinderhand geschrieben oft richtig sehen - das deutsche aber falsch, dafür heben wir ja das Bildungsniveau der breiten Masse!

Es folgt Geschichte im 7. Schuljahr: Französische Revolution. "Und da stürmte das Volk auf das Staatsgefängnis, die Bastille, los und holte ganze 6 Leutchen raus. Wenn der Schulrat da ist, dann war's aber eine Heldentat des sich befreienden Volkes!" Wir können beides und grinsen vergnügt. Hier in diesen Stunden, in einer zur Klasse verwandelten Stube im 1. Stock, sitzen nur 10 Große, hier wird Geschichte gelernt und gemacht. Mittags die Zerreißprobe: 2 Stunden (Rechnen und Deutsch) im 3. und 4. Schuljahr, 36 Kinder lernen in 2 verschiedenen Abteilungen zur gleichen Zeit. Der Kampf mit der Materie Tinte, Papier, mit 72 einzelnen Holländer-Holzschuhen, die immer einzeln "BUMS" machen, ist hier am erbittertsten. Und fragen, fragen, fragen und petzen: "Die Uschi kuckt immer ab!" "Der Wolfgang hat so... puh, das stinkt, da bleib' ich nicht sitzen!" "Der Heinz macht jetzt erst seine Schularbeiten!".

Um 13.00 sieht man dann die Lehrerin gebeugt und zerrupft von 6 Stunden Unterricht, in großer Begleitung (gickel, gackel ...) nach Hause gehen.

Ottings Streik

Mathematik hatten wir bei Fräulein von Braun. Der Lehrsatz des Pythagoras stand auf dem Lehrplan. Uns interessierte das überhaupt nicht oder nur ganz wenig. Sie malte voller Verzweiflung die berühmte Zeichnung an die Tafel. Wir kicherten, weil ihr die Kreide abbrach oder öfter auf der Tafel quietschte. Sie drehte sich um und sagte: "Ihr Schafsnasen werdet das schon noch einmal brauchen im Leben! Paßt gefälligst auf!" Wir bekamen gepfefferte Hausaufgaben. Otto Strohmeier gab sein Heft am nächsten Tag ab. Er hatte nur einen Satz geschrieben: "Ich mußte für Vadding pflügen und konnte nix von Pittagoras schreiben". Wir alle hatten keine ordentlichen Hausaufgaben abgeliefert. Um Fräulein von Braun zu trösten, malten wir ihr in der Pause in den Sand des Schulhofes einen riesengroßen 'Pythagoras'.

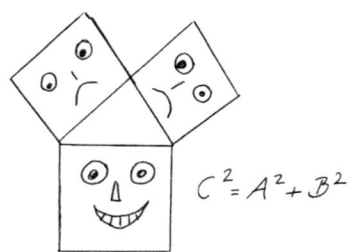

Fräulein von Braun verzieh uns! Irgendwie hatten wir ja doch aufgepaßt. Otto bekam auch keine schlechte Zensur.

Das hat seine Folgen!

Die Tafelkreide bekam die Schule direkt von Rügen. Sie wurde in großen Klumpen geliefert und mußte in handliche Stücke zerkleinert werden.

Ein etwa faustgroßer Klumpen diente unserem Lehrer Schmidt als Wurfgeschoß.

Peter war unser Klassenclown und ein beliebtes Ziel für den Kreideklumpen. Kam er angeflogen, duckte er sich schon automatisch.

Eines Tages sagte Peter: "Hüüt duck ick mie nich!"

Er machte irgendeinen Quatsch, Schmidt nahm den Kreideklumpen und schmiß ihn mit voller Kraft dem Schüler vor die Stirn. Blut spritzte und Peter sagte in feinstem Hochdeutsch: "Das hat seine Folgen!" Ging nach Hause, holte seinen Vater und dem Schmidt ging es hinterher nicht besonders gut.

Schmidt war und blieb ein ungeliebter Lehrer. Er gehörte nicht zur Insel.

De Muus

In der ersten Schulstunde hatten wir Russischunterricht bei 'Hilli' Schmidt.

Wir beschlossen, ihr eine ganz besondere Freude zu bereiten. Wir kannten ihre panische Angst vor Mäusen. Peter bekam den Auftrag, und auf ihn war immer Verlaß, eine lebendige Maus zu besorgen.

Peter trug am anderen Morgen die Maus in einem Schächtelchen zum Pult und sperrte das Tier in die Schublade. Wir saßen außerordentlich ruhig in unseren Bänken und fieberten vor Aufregung. Hilli machte die Schublade auf, schrie wie am Spieß, rannte hinaus, um ihren Mann zu holen. Inzwischen erhielt das Mäuschen die Freiheit wieder und wir saßen völlig ruhig auf unseren Plätzen.

Schmidt kam hereingestürmt und fragte erregt: "Wo ist die Maus, wer war das?"

Ein Klassenkamerad stand auf und sagte: "Wir häm keine Muus seihn, Herr Schmidt."

"Sprich gefälligst deutsch mit mir", schrie er.

"Das war Deutsch, Herr Schmidt, Plattdeutsch!"

Gerechtigkeit

Unsere Sportstunde fand bei gutem Wetter auf der Wiese hinter der alten Mühle von Bäckermeister Schwarz statt.

Herr Baars, unser Mathematik- und Sportlehrer, schickte seine 6. Klasse zum Handballspielen dorthin. "Ich komme etwas später nach", sagte er und wir sollten doch auf dem Weg dorthin ein Lied singen.

Wir verließen unsere alte Backsteinschule und außer Hörweite stimmten wir das Lied 'Eine Seefahrt, die ist lustig' an und sangen lautstark alle Strophen. Feine Texte sind das nicht.

Herr Baars hatte das natürlich mitbekommen und machte seinem Unwillen unüberhörbar Luft. Die Strafe folgte sofort: Nachsitzen und 100 mal den Satz in Schönschrift schreiben:

'Auf dem Weg zum Sportplatz darf ich keine unanständigen Lieder singen!' Sigrun meldete sich und sagte: "Herr Baars, ich habe nur holla-hi und holla-ho gesungen, keinen Text!" "Gut" sagte Herr Baars, "Du schreibst den Satz 200 mal!" Wir mochten Herrn Baars sehr.

Künstlerische Anfänge

Ein Höhepunkt unseres Handarbeitsunterrichtes waren die Ausflüge mit Frau Delius zur Steilküste. Voraussetzung war schönes Wetter mit strahlendem Sonnenschein. Wir suchten eine günstige Stelle am Hochufer aus. Gute Tonabbrüche mußten vorhanden sein. Wir lernten von ihr, daß im Jahr 1754

Vitte auf Hiddensee
M. Delius

K.L. von Braun.
Klassenleiter

Vitte
Baars

Schule Vitte/Hiddensee 1949 mit den Lehrern Frau Delius, K. von Braun und Kurt Baars (von links in der hinteren Reihe).
Unten: Unterschriften der Lehrer

der Stralsunder Kaufmann Joachim Ulrich Giese die Insel Hiddensee kaufte. Er stellte dann fest, daß er ein enormes Tonvorkommen mitgekauft hatte. Der Ton eignete sich bestens zur Herstellung von Fayencen. Giese gründete in Stralsund eine Fayence-Fabrik. Der Ton wurde an der Steilküste abgebaut, in Schuten verladen und nach Stralsund transportiert. Die wunderbaren Erzeugnisse sind noch heute im Heimatmuseum zu bewundern und auch das Stralsunder Museum beherbergt schönes Geschirr aus dieser Zeit.

Wir brachen große Stücke Ton ab, kneteten sie gründlich durch und formten unter Anleitung unserer Lehrerin Teller, Schalen und Töpfchen die dann auf Steine gestellt wurden und in der heißen Sonne trockneten. Von Zeit zu Zeit mußten sie mit Wasser begossen werden, weil sich sonst Risse bildeten. In der Zwischenzeit badeten wir ausgiebig und tobten vergnügt herum.

Gern erinnere ich mich an die schönen und interessanten Stunden am Steilufer.

Unsere künstlerischen Erzeugnisse wurden nach Vitte transportiert. Es war eine riskante Angelegenheit, da sie sehr empfindlich und zerbrechlich waren. Vier Wochen lang mußten sie noch austrocknen, erst dann durften wir sie bemalen. Da war ich dann voll in meinem Element. Es regnete nur die besten Zensuren für mich. Vergessen waren die unseligen Strick-, Flick- und Häkeltücher.

Lästiges Stricken

Bei unserer Lehrerin Frau Delius hatten wir Handarbeitsunterricht. Sie war eine sanfte und ruhige Frau. Niemals hörten wir ein böses Wort von ihr. Der Unterricht fand nicht in der Schule statt, sondern in ihrem Haus neben dem 'Karusel', dem Haus von Asta Nielsen. Es hieß nur das Haus mit dem schiefen Dach.

Max Taut, der berühmte Architekt, der Astas Haus gebaut hatte, soll auch dieses Haus konzipiert haben. In einer verrückten Laune hat er ihm das schiefe Dach verpaßt. Das Haus besitzt eine riesengroße Veranda mit einem Rund-umblick in Richtung Bodden. Dort saßen wir in großer Runde, knabberten die selbst gebackenen Kekse von Frau Delius und wurden unterwiesen im Häkeln, Stricken, Sticken und Flicken.

Für mich war das alles entsetzlich anstrengend und ich fand es ungerecht, daß nur Mädchen in Handarbeiten unterrichtet wurden. Wir bekamen darüber hinaus auch noch umfangreiche Hausaufgaben.

Das Geschenk

Der Geburtstag unseres Lehrers Kurt Baars war für uns Kinder immer ein besonderes Ereignis. Wir gaben uns große Mühe bei der Herstellung von kleinen Geschenken. Einmal waren es Skulpturen aus Strandsteinen, dann wieder kleine selbst gemalte Bilder. Familie Baars hatte viele kleine Kinder (eines nannten wir Bebi) und wir kamen auf die Idee, unserem Lehrer ein Pfund Butter zu schenken. Wir kramten alle unsere Groschen hervor und legten zusammen. Jürgen Löwe hatte den Auftrag, die Butter zu besorgen. Sie war selbst gemacht aus der Milch unserer Hiddensee-Kühe. Dem Klumpen gaben wir noch eine gute Form, packten ihn ein und legten ihn aufs Pult. Zugedeckt haben wir ihn mit einer ollen Fischermütze. Feierlich sah es nicht gerade aus. Herr Baars ging zum Pult und guckte böse auf die Kopfbedeckung, hob sie hoch und sah unseren Glückwunsch. Er setzte sich hin und konnte vor Rührung lange nicht reden. Ein Pfund Butter im Jahre 1950 war ein enormer Schatz.

Schnitzeljagd

Kurz vor den großen Ferien gab es ein Ereignis, auf das wir uns alle lange freuten. Die Schnitzeljagd.

Sie begann auf dem Hof unserer Schule und erstreckte sich manchmal bis zur Nußschlucht und zum Leuchtturm. Die Meute wurde aufgeteilt in Füchse und Jäger. Sehr beliebt war das Fuchslos. Ich hatte das Glück, immer Fuchs zu sein. Wir bekamen einen großen Beutel gefüllt mit Sägespänen und hatten einen Vorsprung von einer Stunde. Es gab strenge Gesetzte. Alle 50 bis 100

Meter mußten 'Schnitzel' gestreut werden. Dann begann die Jagd. Es war wahnsinnig aufregend und spannend. In meinem 'Fuchsleben' wurde ich - bis auf eine Ausnahme - nie gefunden obwohl die Restschnitzel vor meinem Versteck lagen.

Einmal war ich in ein Loch gekrochen unterhalb der Grasnarbe an der Steilküste. Diese Höhle war vielleicht zweimal zwei Meter groß. Dort entdeckte ich eine Fledermaus, die sich an eine Wurzel gehängt hatte. Ich tippte sie an und sie krallte sich an meinem Zeigefinger fest. Die Jägermeute war über mir und ich bin heraus gekrochen, um ihnen das seltene Tier zu zeigen.

Die Maus schrie und wir sahen ihre spitzen Zähne. Ich hängte sie dann wieder an die Wurzel zurück und wurde dann sofort ein Beutetier der Jäger.

Dilettantische Fälschung

Mathematik hatten wir bei Fräulein von Braun. Sie versuchte mitunter verzweifelt, uns wenigstens ein paar Grundlagen wie den Satz des Thales beizubringen. Sie war eine gute Lehrerin und nur ihr zuliebe gaben wir uns Mühe. Es war eine Klassenarbeit mit relativ einfachen Rechenaufgaben angesagt. Zur Lösung hatten wir eine Stunde Zeit. Ich war unaufmerksam, kritzelte Strichmännchen aufs Papier und erledigte so nebenbei die mathematischen Aufgaben. Am nächsten Tag wurden die korrigierten Hefte verteilt und ich hatte mir ein mit Rotstift geschriebenes 'Ungenügend' eingehandelt. Hinter jeder Aufgabe stand ein rotes 'f' für falsch. Auf dem Weg nach Hause setzte ich mich auf die Wiese vor unserem Haus und entfernte das 'Un' vor dem Ungenügend. Ich war ein Meister im Entfernen unliebsamer Unterschriften und Fehler und half dabei auch öfter meinen Mitschülern. Leider vergaß ich einige rote 'f' zu beseitigen. Meine Mutter kontrollierte meine Hefte und erkannte den Betrug. Sie verdrosch mich fürchterlich mit einem Riemen und schrie dabei immer wieder: "Meine Tochter ist eine Fälscherin und Betrügerin!" Sie zerrte mich zu Fräulein von Braun, zeigte ihr das Heft und verlangte von ihr, mich am nächsten Tag vor der ganzen Klasse bloßzustellen. Die Lehrerin tat es nicht und als die Schule aus war, nahm sie mich zur Seite und sagte nur: "Dir habe ich es heute aber gegeben - was Margot?" Zu Hause angekommen machte ich ein bedrücktes Gesicht und meine Mutter war zufrieden.

Ich ging zum großen Hackklotz um Holz für den Wintervorrat zu hacken. Ein Stubben sträubte sich gewaltig, gespalten zu werden. Ich nahm die Axt, die verfehlte ihr Ziel und traf mein Knie. Ich setzte mich auf den Hackklotz, das Blut floß in Strömen und meine Mutter brachte mich sofort zu Dr. Ehrhardt. Er nähte die Wunde, die Narbe erinnert mich heute noch an die dilettantische Fälschung. Man sollte mit Wut im Bauch eben kein Holz hacken.

Nicht erkannte Schönheit

Wenn Fräulein von Braun sich über uns ärgerte, hießen wir Schafsnasen.

"An euch Schafsnasen könnte ich verzweifeln! Paßt besser auf ihr Schafsnasen!" Usw. , usw.

Wissen wollte ich nun, wie eine Schafsnase aussieht. Gleich nach der Schule ging ich auf die Wiese. Dort war das Schaf vom Nachbarn angepflockt. Es begrüßte mich, indem es erst einmal ausgiebig pinkelte. Das Tier kannte mich gut, ich befreite es oft von lästigen Zecken und kraulte es hinter den Ohren. Das hatte es besonders gern. Ich hockte mich hin und beobachtete Maul und Nase. Beide Nasenlöcher waren wunderbar bepelzt und die Nase faßte sich weich und herrlich an. Nachdem ich das alles gründlich untersucht hatte, fand ich unsere Menschennasen scheußlich.

Am nächsten Morgen meldete ich mich und sagte zu unserer Lehrerin: "Jetzt weiß ich, wenn sie Schafs-nasen zu uns sagen, meinen Sie etwas sehr Schönes!"

Klara von Braun

Der Ausflug

Ein großes Ereignis für uns Kinder war der Schulausflug 1954 in den Harz. Wir wohnten in Wernigerode und von dort aus lernten wir die ganze Umgebung kennen. Bis zu 20 km wanderten wir am Tag und waren sogar auf dem Brocken. In der Bode suchten wir die seltenen blauen Steine und staunten über das bergige Land.

Ich gehörte als 14jährige Schülerin zu den sogenannten Ferienhelfern. Mir wurden fünf achtjährige Kinder zugeteilt, die ich beaufsichtigen mußte. Ich habe diese Aufgabe sehr ernst genommen und war froh, daß es keine Zwischenfälle gab. Alle genossen diese einmaligen Ferien.

Die große Attraktion waren die Wanderstöcke, die wir uns kauften, sofern es das Taschengeld erlaubte. An jedem Wanderziel erhielt der Stock ein geprägtes Blechschild mit dem entsprechenden Ortswappen. Am Ende der Reise waren sehr viele Schilder auf meinem Stock zusammengekommen. Krönender Abschluß war der Besuch der Baumannshöhle.

Wir kehrten glücklich auf unsere Insel zurück.

Schulausflug in den Harz, Baumannshöhle

Dr. Wilhelm Ehrhardt

Unser Inselarzt hatte seine Wohnung und Praxis in einem unter Denkmalschutz stehenden Backsteingebäude am Süderende.

Ausgetretene Stufen führten direkt in den Warteraum für die Patienten. Lindgründe Möbel und geschmackvolle Bilder machten den Aufenthalt angenehm.

Dr. Ehrhardt war ein sympathischer Mann mit einem markanten Profil und nach hinten gekämmten welligen Haaren. Seine Sprechstundenhilfe war Frau Gau, die Mutter meines Schulfreundes Malte.

Erblickte der Arzt mich zwischen den vielen Wartenden, zitierte er mich sofort ins Behandlungszimmer. Er wußte genau, daß ich mit Wunden komme, die sofort versorgt werden mußten.

„Menschenskind" sagte er, „was hast Du bloß wieder angestellt?"

Junge Geologen

Herr Baars leitete den Zirkel junger Geologen. Wer Interesse und Lust hatte konnte mitmachen - es bestand kein Zwang.

Wir waren bewaffnet mit einem mittelgroßen Hammer, einem kleinen Säckchen und wanderten um die Steilküste. Wir lernten, daß die Versteinerungen, die wir fanden, aus der Kreidezeit stammten und circa 70 Millionen Jahre alt sind. Die häufigsten Funde waren Donnerkeile (Belemniten), die Schwanzteile eines tintenfischähnlichen Meeresbewohners. Seeigel und dickschalige Austern waren immer eine Attraktion.

Den größten Fund machte ich, als ich einen grauweißen flachen Stein spaltete. Ich erblickte den Abdruck eines Dreilapperkrebses (Trilobiten), der aus der erdgeschichtlichen Epoche des Silur stammte und circa 430 Millionen Jahre alt sein dürfte. Er kam in eine Ausstellungsvitrine unserer Schule. Wir haben durch Herrn Baars erfahren, wie interessant und spannend Steine sein können. Ein besonderer Glücksfall für Steinkundige ist der Klapperstein. Es handelt sich dabei um einen porigen Feuerstein, der als Kern einen verkieselten Schwamm enthält. Jahrtausende dauernde Einwirkung der Brandung kann dazu führen, daß sich der Kern von seiner Umhüllung löst und nun klappert. Ich fand insgesamt vier Klappersteine in meinem Leben. Den ersten fand ich mit 8 Jahren und spaltete ihn, um zu erfahren, wie er innen aussieht. Er diente in der Schule als Anschauungsmaterial.

Kurt Baars

Meine Liebe zu Steinen ist bis heute ungebrochen und wenn ich am Steilufer bin, denke ich an die lehrreichen Stunden mit Herrn Baars.

Peinlich

Klara von Braun, von uns nach der Schule liebevoll Tante Putti genannt, war unsere Lehrerin für Deutsch und Mathematik.

Jeden Morgen, wenn sie in das Klassenzimmer kam, hatte sie ihr Ritual. Sie ging nach vorne zu ihrem Pult, knallte links ihre schmale, harte Kollegtasche auf das Holz und sagte: "Guten Morgen Kinder!"

Eines Tages, sie war verspätet, kam sie in die Klasse, ging zum Pult und es knallte fürchterlich. Anstelle ihrer Aktenmappe lag ein hölzerner Klodeckel da.

Am Abend vorher hatte Tante Putti ausgiebig mit Freunden gefeiert. Am nächsten Morgen - noch sehr verkatert - verwechselte sie auf dem Plumsklo den Deckel mit der Aktentasche. Ihre Tasche war für einen Tag der Geruchsverschluß. Ein Unterricht war nicht möglich, denn wir haben den ganzen Vormittag lang gelacht.

Deutsche Schwäne

Bei Hildegard Schmidt hatten wir Russischunterricht und lernten eines Tages, daß Schwäne auf Russisch 'Lebedi' heißen.

Nach der Schule sahen wir auf dem Bodden ganz nah am Ufer Schwäne. Wir schrieen wie die Verrückten: "Lebedi, Lebedi." Die reagierten natürlich überhaupt nicht. Peter sagte:

"Sünd ji mall wordn, die verstohn doch Russisch nicht. Dei sin dütsch."

Zeichenlust

Bei Kurt Baars hatten wir Zeichen- unterricht. Helmut Timm und ich waren seine liebsten Zeichenschüler, denn er erkannte unsere Begabung. Helmuts Zeichnungen waren akribisch genau, in den Proportionen richtig und zeugten von großer Fertigkeit. Ich aquarellierte gerne, Kohle- und Rötelzeichnungen waren mein Spezialgebiet. Baars befreite uns oftmals von den üblichen Hausaufgaben und freute sich über unsere freien Gestal- tungen. Ich besaß ein kleines Malstühl- chen und ging häufig in die Landschaft um zu zeichnen. Mein bevorzugtes Gebiet war der Hafen. Mit Kohle bildete ich gerne Zeesenboote oder Kutter ab. Eines Tages kam ein kleiner Herr mit einer Gruppe von Malschülern vorbei. Dies erkannte ich an den Mappen, die sie bei sich trugen. Ich hatte gerade ein Zeesenboot fertig

Margot Gudjons, 1954, Kohle

und wurde von ihm gefragt, ob ich es verkaufen würde. Ich war völlig überrascht und wurde verlegen.

Er gab mir 5 Mark und bat mich, das Bild zu signieren.

"Hier sitzt ein Talent meine Damen, meine Herren", sagte er. Wie ich später erfuhr war das Otto Nagel.

Der Unterricht von Herrn Baars trug Früchte.

Greta und Garbo

Meine Lieblingslehrerin Klara von Braun fand eines kalten Wintertags unweit ihres Hauses auf der Seeblänke (ein kleiner Binnensee) zwei eingefrorene halb verhungerte Schwäne. An der Farbe der Schnäbel erkannte sie, daß es Männchen und Weibchen waren. Sie taufte sie Greta und Garbo und gab ihnen eine Unterkunft in der Veranda ihres 'Hüsings'.

Die Schwäne erholten sich dank ihrer Pflege und des guten Fressens prächtig und ruinierten auf ihre Weise das Gebäude. Fräulein von Braun stellte diesen stolzen Schwänen eine mit Wasser gefüllte Zinkwanne zu Verfügung. Von dieser Badestelle machten Greta und Garbo eifrig Gebrauch. Sie wurden jedoch zunehmend dunkelgrauer, ihnen fehlte die Freiheit, die auch zur schneeweißen Sauberkeit ihres Federkleides beiträgt.

Garbo starb leider vor dem Auswildern. Greta hat hoffentlich einen neuen Gefährten gefunden.

Dürerchen

Fräulein von Brauns Jagdhund Nana kam eines Tages mit einem winzig kleinen Feldhasen im Maul nach Hause. Das Tierchen war vielleicht drei Wochen alt, es war unverletzt und wurde nun von meiner Lehrerin mit der Flasche großgezogen. Sie taufte es auf den Namen 'Dürerchen'. Der Hase gedieh prächtig und sie versuchte ihn auszuwildern. Bis zur 'Heiderose' trug sie ihn – abends saß er wieder vor ihrer Haustür, trommelte mit seinen Hinterläufen dagegen bis sie die Tür öffnete. Ich war bei ihr zum Tee eingeladen und wunderte mich über die eigenartige Tischdekoration. Für uns beide war gedeckt und mitten auf dem Tisch lag ein Platzdeckchen, eine große Tasse mit einem Milch-Honiggemisch stand darauf. Sie servierte uns den Tee

51

und rief "Dürerchen komm!". Der ausgewachsene Feldhase stürzte ins Zimmer, schlug mehrere Haken und setzte sich auf das Platzdeckchen. Er trank seine Honigmilch und wir unseren Tee.

Blutwurststeine

Unser Hauptspielplatz war der Weststrand. Er war damals sehr steinig und dadurch interessant. Ein beliebtes Spiel war 'Kaufmannsladen'. Eine Strandburg dicht unter der Düne diente als Verkaufsraum. Mit Strandgutbrettern bauten wir manchmal sogar ein Spitzdach und bedeckten es mit Decken oder Segeltuch. Wir schichteten Steine auf und legten Bretter darüber, um unsere Waren gut sichtbar anbieten zu können.

Kaufmann Freeses Geschäft in Vitte hieß Colonialwarenhandlung. Dieses lange Wort schrieben wir mit Kreide auf ein Brett. Jetzt galt es die Waren heranzuschaffen. Steine waren unsere Fleisch- und Wurstwaren. Im Angebot hatten wir Leber-, Blut- und Jagdwurst, Rind- und Schweinefleisch.

Blutwurststeine fanden wir selten. Es mußte ein sehr dunkler Granit sein mit weißen Sprenkeln, dem Speck. Ein rosa Granit entsprach der Jagdwurst, Leberwurst war das Billigste - einfache graue Steine, die sich gut spalten ließen. Beim Fleisch mußten es nur rote oder rosa Granite sein.

Die getrockneten Blütenstiele vom Sauerampfer - sorgfältig abgesträufelt - war unser Bohnenkaffee, Sand war wahlweise Zucker oder Salz. Kleine Bernsteine wurden zu Kandisbonbons. Das Gold aus der Ostsee in kleiner Form hatten wir Kinder in Massen.

Wir dekorierten unsere Auslagen exzellent. Meerkohlblätter lagen zwischen den Wurstwaren und alles war ausgepreist. Die Bernsteinbonbons lagen in Häufchen auf dem Tresen und eine Handvoll kostete 1 Mark.

Badegäste kamen, guckten und kauften uns alle Bernsteine ab. "Was wollen sie mit so viel Bonbons", fragten wir. "Aber Kinder, das sind doch Bernsteine und wir finden nie welche."

Bei den Wurstwaren griffen sie leider nicht zu.

Bevor wir unseren Laden öffneten, malten wir noch Lebensmittelkarten und die einzelnen Marken wurden sorgfältig mit einem kleinen Scherchen abgeschnitten.

Hanne, Ulrike und Margot

Wenn ich heute am Strand spazieren gehe und einen dunklen Granit mit weißen Einschlüssen sehe, denke ich jedes Mal: "Was für ein schöner Blutwurststein."

Hänschens Reise ins Spielzeugland

Hans Witt wurde in Grieben geboren. Im jetzigen Gasthaus 'Zum Enddorn'. Sein Vater betrieb dort eine kleine Schuhreparaturwerkstatt.

Gerhart Hauptmann pflegte jeden Tag über Grieben in die Berge zu spazieren. Dabei begegnete er oft dem kleinen niedlichen stupsnäsigen Hans und schloß ihn in sein Herz. Eines Tages schenkte er ihm das Buch 'Hänschens Reise ins Spielzeugland'.

Auf die zweite Seite schrieb er: 'Dem kleinen Hans herzlich gewidmet von Gerhart Hauptmann'.

Hans wurde ein stattlicher Seemann und heiratete Elvira. Sie bekamen zwei Kinder, Karin und Michael.

Wir waren Nachbarn in Vitte/Norderende. Oft borgte ich mir das Buch von Witts aus, las es immer wieder mit großem Interesse und brachte es unbeschadet zurück.

Michael und Karin (drei und vier Jahre alt) lasen es auf ihre Weise. Sie zerfetzten das kostbare Buch und die noch kostbarere Widmung.

So wurde unser großer deutscher Dichter von Hiddenseer Kindern auf ihre Weise geehrt.

Aldo

Das Haus vom Fischhändler Ernst Thürke war nicht weit von uns entfernt. Es steht mitten in der Landschaft und ein kleiner Trampelpfad durch Jünnings Wiese war unsere Verbindung. Für mich war es etwas Besonderes, Geräuchertes oder auch frischen Fisch zu holen. Erika, die Jüngste von Thürkes, die schon fast zu den Erwachsenen gehörte, war stets freundlich zu mir. Mein besonderer Freund aber war Aldo, ihr Hund. Ein großer, bulliger, glatthäutiger schwarzer Hund. Er sah immer etwas griesgrämig aus. Er benutzte fast jeden Tag den Trampelpfad und bellte kurz vor unserem Haus. Hatte er an der vorderen Tür keinen Erfolg, kam er zur Terrassentür auf der Westseite und machte sich bemerkbar. Immer bekam er dann eine Leberwurststulle, ließ sich kraulen und trollte gemächlich zurück zu seinem Haus. Aldo war ein Gefährte meiner Kindheit.

Bio-Tattoos

Irmgard Hübner und ich waren enge Freundinnen, wir spielten viel miteinander und dachten uns eigentlich immer ungewöhnliche Beschäftigungen aus.

Eines Tages kamen wir auf eine grandiose Idee. Wir zogen Schuhe und Strümpfe aus und begaben uns in den Kielgraben, der sich durch Vitte zieht. Einst ist er von Fischern zur Entwässerung ihrer Wiesen angelegt worden. Er führte wenig Wasser und in dem Modder tummelten sich zahlreiche Blutegel. Langsam wateten wir auf und ab und nach ungefähr einer halben Stunde wurde der Fang überprüft. Die Tiere hatten sich gierig auf die zarten Mädchenbeine gestürzt und jede von uns hatte einen dichten Kranz von Blutegeln in Höhe der Fußgelenke. Sie saugten unser Blut und wir hofften auf die Hinterlassenschaft dunkelroter Knutschflecke. Wir gingen mit unserem Beinschmuck zu Irmgards Mutter in die Küche, zeigten ihr wie lang ein Blutegel wird, wenn man versucht ihn zu entfernen. Sie erlitt einen hysterischen Anfall und schmiß uns raus. Das Entfernen war sehr anstrengend, denn die Tiere wollten keinesfalls ihre so schmackhafte Nahrungsquelle preisgeben. Wir schafften es aber dennoch und hatten als Dank wunderschöne, kreisrunde Nuckelstellen.

Die nächste Station war der Strand. Bei herrlichem Sonnenschein legten wir uns Blätter auf den Bauch, möglichst bizarre. Wegen des besseren Kontakts machten wir sie vorher naß. Einige Stunden mußten wir aushalten, um ein Ergebnis zu erzielen. Bei Irmgard sah es besser aus, denn sie war nie so braun wie ich und hatte nun schöne weiße Blätter auf dem Bauch und die Umgebung war rot gebrannt. Die Knutschflecke von den Blutegeln ergänzten das Gesamtkunstwerk. Schmerzloses Bio-Tattoo.

Schluck und Gau

Schluck trifft Gau auf der Dorfstraße.
"Wie geiht di dat?" fragt Gau den Schluck.
Schluck: "Ick wier bin Dokter!"
Gau: "Wat häst du denn?"
Schluck: "Ick häff dat int Krüz."
Gau: "Wat mokt der Dokter?"
Schluck: "Nülich hätt hei mie twinnich Blautegel verschräben.
          Teigen häff ich so runnerkrägen, die annern Teigen hätt de
          Olsch mie broaden müsst!"

Bestrafte Gier

Irmgard und ich wurden zu Herrn Heinrichson in die Heide geschickt. Tischlermeister Hübner hatte den Auftrag vom Hobby-Imker erhalten, alle Wabenrahmen zu erneuern. Wir wurden von dem freundlichen Herrn nett empfangen. Wir bekamen sogar frisch geschleuderten Honig serviert. Wir schulterten die reparaturbedürftigen Holzgestelle, die noch Wachsreste und Honig enthielten. Unterwegs machten wir Rast und wir fingen an, das Wachs mit dem Honig aus den Gestellen zu pulen und aßen alles auf. Leider wußten wir nicht, daß die Waben aus billigem Kunstwachs waren. Nicht von den Bienen hergestellt.

Angekommen im Zollschuppen, der Werkstatt vom Tischler Hübner, begaben wir uns in die Bootsschleppanlage und kotzten uns die Seele aus dem Leib. Otto Hübner holte seine Frau, weil er mit den beiden 'kranken' Kindern nichts anfangen konnte.

"Harre Gott", sagte Irming, "Dat wier woll nix!"

Das erste Blaue

Gisi Thürke, Edith Podschun, Erika Tabel und ich spielten oft am Strand Norderende, dort wo wir alle wohnten. Der Strand war steinig, aber immer interessant. Wir schwammen wie die jungen Enten und tobten im Wasser. Edith traute sich nur ganz vorne ins Meer. Sie konnte kaum oder fast gar nicht schwimmen. Sie blieb nur im Flachen. Wir meisterten das erste Blaue. Wir nannten es so, weil der steinige Grund dem Wasser eine dunkle Färbung verlieh. Die Tiefe betrug dort etwa drei Meter.

Danach erwartete uns eine flache Sandbank, manchmal war nur knietiefes Wasser anzutreffen. Herrlich dort herumzutollen.

Das zweite Blaue war für ganz Mutige eine Herausforderung, denn danach lag die Sandbank zwei Meter tief. Nun wollten wir Edith ein Erfolgserlebnis gönnen. Gisi und ich nahmen Edith in die Mitte und wir gelangten strampelnd zur Sandbank und sie war überglücklich.

"Ick heff dat schafft!" – Erst jetzt gehörte sie richtig zur Clique.

Die Suppenkelle

An einem Novembertag, es blies ein eiskalter Nordostwind, ging ich am Strand spazieren. Ich fand eine große zerbeulte Suppenkelle aus Aluminium. Jedes Strandgut ist interessant und muss auf seinen eventuellen Gebrauchswert überprüft werden. Ich stufte diese Kelle als wertlos ein, nahm sie fest in die rechte Hand und schleuderte sie in die Ostsee. Zu meinem Entsetzen nahm sie zwei meiner Handschuhe, die sich in ihrem Henkel verhakt hatten, mit ins Meer. Ich trug an diesem kalten Tag zwei Paar von meiner Mutter gestrickte Norweger-Fausthandschuhe aus Schafswolle übereinander. Nun trieben die beiden Wärmespender der rechten Hand im eiskalten Meer in Richtung Norden. Ich war unglücklich und voller Angst, meiner Mutter einen so großen Verlust beichten zu müssen. Der junge Fischer Schäwel war mein Retter. Er ging mit seiner Freundin am Strand spazieren und ich rannte zu ihm, um Hilfe zu holen. Sein Ruderkahn lag kieloben bei uns am Strand. Wir kippten ihn zu dritt um, Riemen lagen darunter und wir stießen in See. Schon ziemlich weit vom Ufer entfernt entdeckten wir die Handschuhe in 50 cm Tiefe. Durch den Landabwind war das Wasser klar, wir konnten die Ausreißer sehen. Ich und die kostbaren Handschuhe waren gerettet.

Flunnern peeren

Es war fast immer ein schöner, heißer Junitag, wenn Flunnern peeren (Flundern treten) angesagt war. Es musste Ostwind wehen - unser ablandiger Wind. Die See war ohne Wellen, allerdings sehr kalt, das Wasser jedoch glasklar. Wir wateten vorsichtig auf und ab und spähten nach Flundern. Sahen wir ein im Sand eingebuddeltes Tier traten wir rauf und hatten es gefangen. Wir nahmen nur die ab handtellergroßen Fische. Meistens waren wir zu dritt, 10 Flundern reichten uns für eine Mahlzeit am Strand. Eine kleine Feuerstelle war schnell gebaut, Strandholz war genügend vorhanden. Wir brieten unsere Beute und mit großem Appetit wurde der Fang vertilgt. Unsere, durch das eisige Wasser fast abgestorbenen Beine wurden von der warmen Junisonne auch wieder zum Leben erweckt.

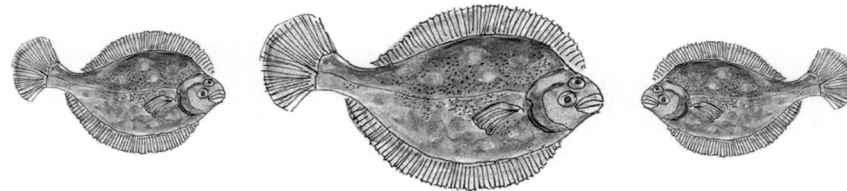

Schwärzing

Geschichten über Hühner gibt es selten. Sie sind wenig beachtete Nutztiere, die gute Eier liefern und ab und zu einen schönen Braten. Meine Mutti und ich hatten immer 6 bis 8 Hühner. Darunter befand sich ein Huhn, unsere Glucke, die wenige oder meistens gar keine Eier legte. Dafür war sie eine legendäre Hühnermutter und wurde oft auch an die Nachbarschaft verborgt. Sie kündigte ihre Brutbereitschaft durch glucksende Laute an. Wir hielten 22 Eier bereit und machten ihr ein großes schönes Nest. Dankbar breitete sie ihr Gefieder aus und spendete ihre Wärme den Eiern. Sie verließ nur alle zwei Tage das Nest, um kurz das Nötigste zu erledigen. Die Brutzeit näherte sich dem Ende, da bemerkte ich die Nervosität der Glucke. Vier Tage zu früh ragte ein Schnäbel-chen aus einem Ei und ein Küken schlüpfte. Es wäre zwischen den übrigen 21 Eiern zerquetscht worden. Ein alter Filzhut meines Vaters wurde zum Nest für das zarte Vögelchen umfunktioniert. Nachts nahm ich den Hut samt Inhalt in mein Bett und deckte uns beide zu. Morgens suchte ich vorsichtig das Tier, meistens war es nachts unter mein Nachthemd gekrochen und lag auf meiner bloßen Haut. Zum Frühstück, zum Mittagessen und zum Abendbrot gab es gekochtes Ei, sehr fein gehackt und vermischt mit jungen Brennnesseln. Ich musste dem Küken vormachen, wie man das aufpickt und ihm beibringen, wie man trinkt. Ich taufte es auf den Namen 'Schwärzing' wegen seines schwarzen Federkleids. Es war vollkommen auf mich geprägt. Kam ich aus der Schule, lief es mir flügelschlagend entgegen. Lag ich auf einer Decke im Garten, saß es neben mir. Schwärzing folgte mir bis zum Strand und stellte fest, dass Miesmuscheln und die kleinen Strandgarnelen herrlich schmecken. Nicht einmal vor einer heftigeren Welle hatte sie Angst. Sie bekam ein Sondernest für ihre Eier. Sie schmeckten stark fischig, also nach Ostsee; nur für derbe Speisen waren sie zu gebrauchen. Sie wurde sieben Jahre alt und starb eines natürlichen Todes. (Der Mensch sagt sehr zu Unrecht 'dummes Huhn').

Jahrzehnte später hatte ich ein ähnliches Erlebnis mit einem etwa 2 Tage alten Höckerschwan. Ein Sturm hatte ihn angespült, seine Eltern waren nicht ausfindig zu machen. Ich habe ihn auch eine Nacht auf meinem Bauch schlafen lassen. Die Futterbeschaffung und das Füttern erwiesen sich jedoch als weitaus schwieriger. Schließlich fand ich zum Glück ein kinderloses Schwanenpaar, dessen Eier vermutlich von Ratten während des Brutgeschäfts geraubt worden waren. Sie nahmen den Kleinen an und zogen ihn groß. Während des Sommers konnte ich ihn oft auf dem Dorfteich in Kloster beobachten und heranwachsen sehen. Ich machte die Erfahrung, daß die Aufzucht eines Schwankükens viel aufwendiger ist als die eines Hühnchens. Man müsste den ganzen Tag mit ihm schwimmen und Entengrütze fressen.

Poesiealben

So um 1950 herum waren Poesiealben die große Mode. Lehrer, Schulfreunde oder Verwandte wurden um eine Eintragung gebeten. Die Krönung waren geprägte Lackbilder, die die poetischen Ergüsse noch veredelten. Auf der rechten Seite wurde geschrieben, links das Bild eingeklebt. Je nach Sympathie waren es monströse Kitschbilder oder aber bescheidenere Ausgaben. Gefragt waren ganz alte Bilder von den Großmüttern mit Veilchenkränzen und Edelweiß. Lackbilder mußte man sich aus dem Westen kommen lassen. Meine Tante schickte sie mir in Massen.

Zu allererst trugen sich die Lehrer ein. Fräulein von Braun schrieb mir in mein Poesiealbum:
> 'Edel sei der Mensch, hilfreich und gut'.

Meine Freundin Edith schrieb:
> 'Wenn einst in späten Jahren
> dieses Büchlein wirst Du lesen
> dann gedenk wie froh wir waren
> als wir Kinder noch gewesen
> und mit heiter frohem Sinn
> gingen nach der Schule hin'.

Monika schrieb mir (mit kleinem Lackbild):
> 'Wenn Dich ein Schornsteinfeger küßt
> so darfst Du nicht verzagen
> denn was man schwarz auf weiß besitzt
> darf man getrost nach Hause tragen'.

Niemals hat sich ein Junge in meinem Poesiealbum verewigt. Weiberkram sagten sie.

Die große Gala

Familie Emmel besaß das große weiße Haus am Hafen von Vitte. Irmgards Eltern hatten den Schlüssel, sie lüfteten das Haus im Winter ab und zu und bewachten es. Damals war so etwas eigentlich nicht nötig aber es war für die Besitzer eine Beruhigung, wenn Nachbarn auf das Haus aufpaßten.

Sie hatten nicht mit uns gerechnet. Irmgard kannte den Aufbewahrungsort des Schlüssels und wir beide beschlossen, dem Haus einen Besuch abzustatten. Wir besichtigten die noble Einrichtung - es gab holzgeschnitzte schwarze Möbel, Kristall-Lüster hingen von der Decke und viele Bilder zierten die Wände. Eine große Truhe erregte unsere Aufmerksamkeit, wir öffneten sie und erblickten wunderschöne Abendroben - dunkelrote Rüschenkleider, schwarze Spitzenblusen, türkisfarbene Tüllblusen. Wir zogen uns aus und zogen uns an. Alles war natürlich zu groß, aber wir rafften es zusammen. Dann entdeckten wir im Bad Schminkutensilien und sofort begannen wir mit dem Färben unserer Lippen. Wir schlurften im Zimmer auf und ab.

Dies war die große Gala für zwei Inselmädchen!

Leider machte Frau Hübner dem Spuk ein Ende. Sie entdeckte unsere Freveltat und war entsetzt. Verstehen konnten wir ihre Empörung nicht.

Die perfekte Schaukel

Irmgard hatte einen etwas verwirrten Onkel. Alle Hiddenseer nannten ihn 'Nill-Nill'. Ein friedfertiger Mann, der uns Kindern manchen Gefallen tat. Ein großes Talent entwickelte er beim Herstellen von Schaukeln.

Hinter dem Haus von Hübners gab es einen kleinen Erlenhain und wenn uns Kindern nach Schaukeln war, rannte Irmgard zu ihm und sagte: "Nill-Nill, Schockel anbinden!" Sofort besorgte er dicke Stricke und in kurzer Zeit hatte er unseren Wunsch erfüllt und wir schaukelten glücklich zwischen den Erlen.

Irmgards Onkel stand häufig vor seinem Haus am Hafen mit weit in die Stirn gezogener Fischermütze und guckte in Richtung Hafen.

Ein bekannter Berliner Grafiker zeigte mir Jahrzehnte später seine Hiddenseeradierungen und ich erkannte sofort Nill-Nill. "Eigenartig", sagte der Künstler, "der Fischer stand immer still da und so war er für mich ein gutes Motiv".

Die Schatzinsel

Ich habe mich schon als Kind sehr für die Erzeugnisse der Natur interessiert. Unsere Insel hatte ein Riesenangebot, es mußte nur genutzt werden. Von den Fischerfrauen habe ich viel gelernt, besonders von Carola Gau, die auch die Gabe hatte, Menschen von Gürtel- oder Gesichtsrosen zu heilen. Im Sommer mußte der Wintervorrat angelegt werden, um gegen Krankheiten gewappnet zu sein. Ich sammelte Kamillenblüten (Hauptvorkommen in Grieben), Schafgarbe, Spitzwegerich, Wasserminze, Johanniskraut und Beinwell. Beinwell - auch Swinkruut genannt - wuchs nur auf feuchten Wiesen. Ich fand es immer in Grieben und als

dieser Ort meine Heimat wurde, hatte ich reichlich davon auf der Boddenwiese. Diese Wurzeln, fein geschnitten auf Alkohol angesetzt, sind ein bewährtes Mittel gegen Gliederschmerzen. Im Honiggrund, in der Nähe der Leuchtturmwärterhäuser, erntete ich den wilden Oregano und im Juni die wundervollen Walderdbeeren. Im November, nach den ersten Frösten, war ich auf dem Bessin und pflückte Schlehen. Eine mühselige und stachelige Angelegenheit. Meine Mutter machte Schlehensaft und einen herrlichen Likör.

Im Oktober preßten wir die Sanddornbeeren am Strauch aus und unser Vitamin-C-Bedarf für den Winter war gedeckt.

Gegen Halsschmerzen gab es eine Radikalkur. Ich ging zur Nachbarin Marie Hübner. Sie schöpfte aus ihrem Salzheringsfaß eine Tasse Lake. Damit habe ich gegurgelt und alle Mikroben verließen fluchtartig meinen Hals.

Im Winter hatte ich oft Frostbeulen die manchmal aufplatzten. Das Allheilmittel gegen diese Beulen war Petroleum. Es wurde mit Watte aufgetragen und der Heilerfolg ließ nicht lange auf sich warten.

Ein beliebter Tee für den Winter wurde aus Hagebutten bereitet. Im vollreifen Zustand wurden die Früchte geerntet, dann halbiert, von den Kernen befreit und in der Sonne getrocknet. Die behaarten Kerne ergaben das sogenannte Juckpulver. Es wurde ungeliebten Mitschülern hinter den Kragen geschüttet.

Eissegeln

Pieckschlitten sind kleine, flache, schwarz geteerte Einmannschlitten, unentbehrlich für die Fischer, die zum Eisangeln auf den Bodden mußten. Fortbewegt wird der Schlitten durch einen mit Eisenspitze versehenen Pieckstock, den der Fischer auf dem Schlitten stehend zwischen seinen Beinen führt und so den Schlitten vorwärts bewegt. Angekommen am Fangort hackte der Fischer ein Loch mit einem Durchmesser von ungefähr 80 cm in das Eis. Die Eisblöcke wurden am Rand des Loches aufgetürmt und zusätzlich mit Reisig markiert. Dies war eine vorgeschriebene Sicherheitsmaßnahme. Wir Kinder freuten uns immer über einen glatt zugefrorenen Bodden. Der bedeutete Bö-Is-Loopen, Schlittschuhlaufen oder Eissegeln mit den Pieckschlitten. Diese Schlitten hatten vorne ein Loch, wo der Mast für ein kleines Segel hinein paßte. Wir ‘borgten’ uns Schlitten und Segel aus. Die Mannschaft bestand aus zwei Personen. Zum Steuern benutzte man einen langen elastischen Stock, am besten eignete sich eine Haselnußrute. Der Steuermann lag hinten auf den Tritten des Schlittens und der Mitfahrer kauerte unter dem Segel. An eine Fahrt mit Peter Schluck (Jünning) erinnere ich mich gerne. Wir erreichten eine irrsinnige Geschwindigkeit und hatten große Sorge mit den Eisblöcken der Fischer zu kollidieren. Dank Peters Steuerkunst passierte nichts und wir hatten ein Geschwindigkeitsrauscherlebnis.

Bö-Is-Loopen

Biegeeislaufen, profan übersetzt, war nur selten möglich. Der Bodden mußte bei Windstille zufrieren, es durfte nicht schneien und der Frost nicht zu stark sein. Dann konnte es losgehen. Mit untergeschnallten Schlittschuhen stellten wir uns in einer Reihe auf - je mehr wir waren, desto besser. Jetzt fingen wir an, im gleichen Rhythmus zu schwingen bis das Eis eine lange Welle bildete und wir fuhren - eine große Eiswelle vor uns hertreibend - los. Hinter uns brach alles zusammen, wir konnten nur vorwärts laufen. Selbstverständlich haben wir das nur im flachen Teil des Boddens gemacht. Meist kamen wir total durchnäßt nach Hause.

"Was ist Bö-Is-Loopen?" fragte meine Mutter, ich habe es ihr vorsichtshalber nicht genau erklärt.

Der Hafen Kloster im Winter

Der Strandengel

Jeden Morgen bevor ich in die Schule ging, inspizierte ich den Strand. Es war ein Ritual.

Mitunter fand ich unschätzbare Kostbarkeiten, zum Beispiel das kleine Flöte spielende Mädchen aus Sperrholz geschnitten, mit einem weißen Hemdchen bekleidet, wie ein kleiner Engel. Es steht auf einem Brettchen, vor sich ein rotes Töpfchen für eine kleine Kerze. Das unglaubliche Wunder war der Fund eines passenden Kerzenstummels nur zwei Meter entfernt im Spülsaum des Meeres.

Dieses Flöte spielende Mädchen steht heute in meiner Küche und der abgeblätterte Lack erzählt mir seine bewegte Geschichte.

Die Mühle

Jürgen hatte einen interessanten Großvater. Es war Bäckermeister Schwartz, der die Mühle am Norderende besaß.

Wir Kinder spielten oft in dieser Gegend und die Mühle hatte eine enorme Anziehungskraft auf uns. Jürgen wußte natürlich wie man in das Innere gelangen konnte und er nahm uns eines Tages mit hinein. Voller Ehrfurcht betrachteten wir die riesigen Mühlsteine, die wir natürlich sehr gern in voller Funktion gesehen hätten. Die Mühle wurde nicht mehr windgetrieben, die Fletten waren morsch und das Erneuern wäre zu aufwendig gewesen. Jürgen schubste die großen Arretierungskeile fort, ging nach draußen und schaltete den Motor ein. Langsam und mit lautem Getöse fingen die Mühlsteine an sich zu drehen. Wir staunten sehr und voller Bewunderung betrachteten wir die Mechanik. Opa Schwartz hörte seine Mühle arbeiten, Jürgen bekam Dresche und wir konnten fliehen.

Seit diesem Erlebnis war Jürgen für uns der Größte, denn er war imstande, so eine Riesenmaschine zu bedienen.

Der Wunschtod

Max und Grete Beier bewohnten ein Haus ganz nahe dem Strand in Vitte, nicht weit von uns entfernt. Max hatte mich in sein Herz geschlossen und ich durfte als Einzige das Zimmer seines im Krieg gefallenen Sohnes betreten.

Bücherregale voll gestopft mit Abenteuerliteratur bedeckten die Wände. Die vielen Seefahrergeschichten wie 'Der Schiffsjunge der Emden', 32 Bände Karl May und die Zukunftsromane von Hans Dominik waren für mich das Schönste.

Max lieh mir die Bücher nacheinander aus und ich war eine glückliche Leseratte. Am allerliebsten mochte ich Seefahrergeschichten. "Mein Kind", sagte er eines Tages zu mir, "ich möchte auf See sterben".

Ein halbes Jahr später kam unsere Nachbarin Marie Hübner aufgeregt zu uns und nahm uns mit zum Strand. Das Boot mit Außenbordmotor von Max Beier drehte sich ungefähr 200 Meter vom Ufer entfernt im Kreis. Max hatte einen Herzanfall erlitten und starb auf See. Sein Wunsch hatte sich erfüllt.

Der Ostwindschuster

Irma Kollwitz, Sanitätsschwester im 2. Weltkrieg, verliebte sich in den schwer verwundeten Paul Tensing, einen Esten. Sie nahm ihn mit auf ihre Insel und wurde seine Frau.

Der Verlust seines rechten Armes hinderte ihn nicht, eine kleine Schuhreparaturwerkstatt in Vitte zu betreiben. Schuhe waren nach dem Krieg kostbares Gut und wurden immer wieder geflickt. Er war sehr geschickt und erledigte alle Reparaturen zur größten Zufriedenheit. Wir Kinder sahen ihm gerne zu. Er erzählte schnurrige Geschichten in seinem estnisch gefärbten Deutsch. Wenn er wütend war, rollte er das 'R' ganz fürchterlich.

Nur bei Westwind traf man ihn selten in seiner Werkstatt an. Er war am Strand und schaute nach Strandgut und Bernstein aus. Besonders ab Ende Oktober, wenn die Herbststürme sich ankündigten, schulterte er seinen Kescher und hielt Ausschau nach Seetangansammlungen oder Bernsteinkütt, wie wir das nennen, bestehend aus See-tang, Muscheln und Holzstückchen. Ist die Mischung richtig, ist auch Bernstein dabei.

Nun wohnte ich direkt am Strand und eine bekannte Bern-stein-Anspülstelle war nur 100 Meter entfernt. Ich war natürlich morgens vor ihm dort und hielt meinen Kescher in den Tang. "Verrreflucht" schrie er und drohte mir spaßeshalber. Er hatte ein großes Netz, lange Watstiefel und war im Bernsteinfischen unschlagbar.

Drehte der Wind auf Ost, gab die See nichts mehr her und Paul Tensing konnte sich beruhigt seinen Schuhen zuwenden.

Cousine Ellen

1950 beantragte meine Mutter in Bergen auf Rügen einen Interzonenpass, da wir die Absicht hatten, nach Duisburg zu fahren. 1943 wurden wir ausgebombt und nach Ostpreußen evakuiert. Seitdem hatten uns unsere Familienangehörigen aus Duisburg nicht mehr gesehen. Bruder, Schwester, Nichten und Neffen erwarteten meine Mutti und mich. Die Fahrt mit der Eisenbahn war aufregend, die Grenzkontrollen bedrückend wie Jahrzehnte später auch. Die Fahrt durch das Ruhrgebiet war für mich wie ein Abenteuer. Die einzige Stadt, die ich kannte war das kleine Stralsund und nun diese vielen Städte, ineinander übergehend und riesengroß.

Das Wiedersehen mit unseren Duisburgern war tränenreich und herzlich. Bei meinem Onkel Willi und Tante Fine lernte ich meine Cousine Ellen kennen. Sie war ebenso alt wie ich und wir beschnupperten uns irgendwie mißtrauisch. Sie dachte vermutlich: 'Landei', ich stufte sie als verweichlichte Stadtpflanze ein. Bleiche Haut, nirgendwo eine Schramme oder Beule, nicht einmal Narben! Unsere Annäherung war vorsichtig und ich mußte meine vorschnelle Einschätzung korrigieren als ich sie näher kennen lernte. Stadtkinder spielen ganz andere Sachen, die aber für mich auch sehr interessant waren. Als ich dann auch noch feststellte daß Ellen keine Feigheit kennt, stufte ich sie als sehr brauchbar ein.

Ihre Spielgefährten und auch sie selbst baten mich ständig, ihnen meinen Rücken zu zeigen, der wie immer braun gebrannt war und wie trockener Lehm aussah.

Dann mußte ich der ganzen Horde Bilder malen. Für meine Cousine zeichnete ich auf ihren besonderen Wunsch immerzu Schlittschuhläufer.

Sie erinnert sich heute noch gern daran.

Schuhe

Schuhe waren nach dem Krieg eine Rarität. Wir trugen überwiegend Holzklumpen, auch Holländer genannt, die Vor- und Nachteile hatten. Weite Strecken konnte man in ihnen nicht zurücklegen aber die Füße waren immer warm.

Im Winter, besonders bei Matschschnee, hielt sich der Schnee derartig an den Holzsohlen fest, daß wir nach wenigen Schritten die herrlichsten hohen Plateausohlen unter den Füßen hatten, aber kaum noch damit laufen konnten.

Dann kam die Ära der Igelitschuhe. Ein Bezugschein war notwendig, um diese Fußbekleidung zu erwerben. Diese Schuhe hatten merkwürdige Eigenschaften. Im Sommer wurden sie wabbelig und zu groß, im Winter derartig hart, daß die armen Füße geschunden wurden und lauter Blasen bekamen. Diese Schuhe trug ich bei unserem Duisburgbesuch und die Verwandtschaft kam aus dem Staunen nicht heraus. Die Igeliter gingen von Hand zu Hand und das hatte zur Folge, daß meine Tante mit mir in ein 'Leiser'-Schuhgeschäft ging und mir wunderhübsche hellbraune Lederschuhe mit Specksohlen kaufte. Den Duft des Schuhladens habe ich nicht vergessen.

Hungrige Gespenster

Kurz vor dem Dorfeingang Grieben liegt links ein markanter Hügel, der mit einem dichten Baumbestand gekrönt ist, überwiegend stattliche Eichen.

Der Rübenberg bei Grieben

65

Es ist unser Rübenberg. Wir Kinder gruselten uns ein wenig, diesen Wald zu betreten. Einer alten Sage zufolge sollen dort nachts hungrige Gespenster durch die Bäume huschen und nach Nahrung suchen.

Eines Tages beschlossen wir, den armen Gespenstern ein paar Butterbrote zu bringen. Es war ein langer Weg von Vitte bis dort hin. Wir legten unsere Stullen gut sichtbar auf Steine und waren uns sicher, ein gutes Werk getan zu haben. Am nächsten Tag kontrollierten wir die Stelle und - tatsächlich -, die Nahrung war verschwunden.

Wer weiß, welche Tiere wir damit erfreut haben. Für uns waren es aber die dünnen Geister.

Die Tischdecke

Meine Mutter und ich wohnten nach dem Tod meines Vaters in Vitte, Norderende, direkt am Strand. Ich war neun Jahre alt, war verantwortlich für unsere sechs Hühner und habe oft schon Küchendienste übernommen.

Meine Mutter mußte nach Stralsund zum Zahnarzt fahren.

Ich beschloß, einen Feiertag zu veranstalten. Aus dem Hühnerstall holte ich vier frische Eier und setzte einen Kochtopf auf den Herd. Dahinein schüttete ich Milch, gab die verquirlten Eier, Grieß, Mehl, Puddingpulver und Sago dazu. Nun rührte ich mit einem langen hölzernen Löffel sorgfältig in dem Topf herum. Nach drei Minuten bildete sich ein dicker Kloß. Selbst energisches Schütteln nutzte nichts. Der Kloß blieb am Löffel hängen.

Nun deckte ich für mich den Tisch. Ich nahm unsere einzige weiße Damasttischdecke aus dem Schrank. Nur Weihnachten und Ostern kam die auf den Tisch. Es sah sehr feierlich aus. Ich öffnete ein Glas mit Blaubeeren, goß sie in eine Glasschüssel und stellte sie mitten auf den Tisch. Mit der Löffel-Kloß-Kombination ging ich ins Zimmer. Fünfzig Zentimeter über der Blaubeerschüssel löste sich der Klumpen und klatschte in den blauen Saft. Da der Kloß einen beachtlichen Durchmesser hatte, war die Verdrängung groß und die kostbare Decke sah fürchterlich aus. Ich rannte mit der Decke zum Strand, schmiß sie ins Wasser und rieb mit Sand an den blauen Stellen. Nichts half! Ich war verzweifelt. Wie sollte ich dies alles meiner Mutter erklären? Da ich keine Lust auf Beichten hatte, schnitt ich die Decke in kleine Stücke, die ich in einem Schuhkarton verstaute. Ich grub ein tiefes Loch im Garten und beerdigte die Decke. Nur meine Hühner waren Augenzeuge. Auf dieses Grab habe ich zur optimalen Tarnung noch etwas gepflanzt. So verscharrt ein Mörder sein Opfer!

Nach einem halben Jahr vermißte meine Mutter die Decke. Selbst-verständlich habe ich den Mund gehalten. Sie ist zu dem Schluß gekommen, daß vielleicht Diebe sie von der Leine genommen haben. Auf den Gedanken, daß ihr kleines Mädchen festlich speisen wollte, ist sie natürlich nicht gekommen. Und ich weiß bis heute nicht, wie der Kloß geschmeckt hat. Jahrzehnte später verriet mein Mann diese Geschichte anläßlich eines Brombeernachtischs. "Mein Gott", sagte meine Mutter, "das hätte man doch bleichen können".

24. September

Am 24. September hatte meine Mutter Geburtstag. Die Mutter von Werner Rohde und Friseurmeister Richard Niemann ebenfalls. Ich pflückte am frühen Morgen wunderschöne Blumen auf der Wiese von Erhard Schluck vor unserem Haus. Inmitten der Wiese gab es sogar Margeriten. Mein nächster Weg führte mich zu Frau Kasten, der Mutter meiner Schulfreundin Helga, die in Asta Nielsens 'Karusel' wohnten. Frau Kasten säte jedes Jahr Ringelblumen und Tagetes aus und ihre Blumenpracht war einmalig schön. Ich durfte mir viele Blumen abpflücken.

Drei Sträuße komponierte ich - einen für meine Mutter, die anderen für Frau Rohde und Richard Niemann.

Frau Rohde, schwer hüftgeschädigt, wartete schon auf mich und freute sich riesig. Wir unterhielten uns und zum Schluß ging sie zu einem großen Keramiktopf und schenkte mir Waffeln. Die Hiddenseer Frauen buken Waffeln auf Vorrat, in den irdenen Gefäßen blieben sie lange frisch.

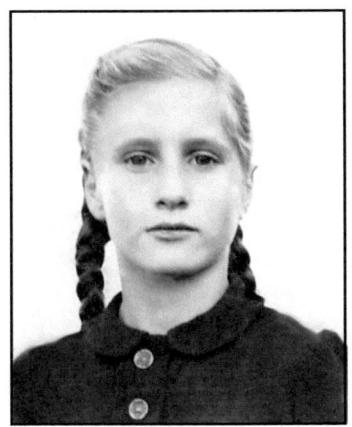

Richard Niemann, ein korpulenter freundlicher Mann, wartete schon und erfreute sich ebenfalls an den schönen Blumen, für meine Mutter hatte er immer eine Kleinigkeit.

Nachmittags kamen die Nachbarn, auch die Malerin Helene Herveling, zur Buttercremtorte und Bohnenkaffee (aus dem Westen) zu uns. Zum Abschluß gab es für die Erwachsenen ein Gläschen Schlehenlikör.

Glaubwürdigkeit

Es war ein schöner Brauch, nach der Bescherung am Heiligen Abend, die Nachbarn zu besuchen. Meine Mutter und ich gingen meistens zu Familie Witt - zu Elvira, Hans, Oma Gerda, Michi und Karin. Hans Witt kam am späten Nachmittag zu uns und bat mich (ich war 12 Jahre alt) gegen 18 Uhr an ihre Terrassentür zu donnern und mit tiefer Stimme den Weihnachtsmann zu imitieren. Der Abend war sehr stürmisch und ich ging zu der angegebenen Tür und schlug mit beiden Fäusten an die großen Scheiben. Die gesamte

Glastür ging zu Bruch und stürzte in das Zimmer. Hans guckte mich ratlos durch das große Loch an und befahl mir zu schweigen. Ich ging völlig deprimiert nach Hause und erzählte es meiner Mutter. Nach unserer Bescherung gingen wir zu Witts. Beide Kinder stürzten aufgeregt auf mich zu: "Magu, Magu, der Weihnachtsmann hat unsere Tür kaputt gemacht!" Sie waren drei und vier Jahre alt und schlagartig glaubten sie wieder fest an den alten Herrn. Denn nur der Weihnachtsmann kann sich erlauben, eine komplette Glastür zu zerstören.

Haus Paula. Familie Witt wohnte hier.

Hans erzählte mir am nächsten Tag zu meiner Beruhigung, daß die Scheibe einen Riesensprung hatte und meine Fäuste nur der letzte Auslöser waren.

Schneckenärger

Otto Gebühr, der große Schauspieler, besaß ein Haus in Kloster.

Jeden Sommer verbrachte er mit seinem Sohn Michael einige Zeit dort. Michael war ein liebenswürdiges Kind. Zum Spielen mit uns Rabauken eigentlich ungeeignet. Oft war ich in Kloster bei Brigitte. Wir stießen auf Michael und beschlossen, er darf mitspielen.

Wir dachten lange nach, was so auf der Tagesordnung stehen könnte. Unser Blick fiel auf zahllose buntgestreifte Gehäuseschnecken. Es hatte geregnet.

Michael holte einen Schuhkarton und wir füllten ihn randvoll mit den hübschen Tieren. Der Deckel kam drauf und der Karton wurde im Wohnzimmer abgestellt.

Uns fielen andere Spiele ein, wir tollten im Garten herum und nach etwa zwei Stunden gingen wir ins Haus. Hunderte von Schnecken waren aus ihrem Gefängnis geflohen und krochen über die kostbaren alten Möbel von Otto Gebühr. Glitzernde Kriechspuren zogen sich kreuz und quer über das Holz. Wir sammelten in Hektik die Schnecken ein, aber der Hausherr überraschte uns und drehte fast durch.

Wir haben uns schlimme Sachen anhören müssen aber handgreiflich ist er nicht geworden.

Onkel Hans

Mein Weg führte mich wieder einmal nach Kloster. Ich war zehn Jahre alt. Mein Besuch galt Brigitte. Michael Gebühr lief uns über den Weg und schleppte uns zu sich nach Hause. Zu Gast war Onkel Hans aus Hamburg, der wundervoll Akkordeon spielte und dazu sang. Es war Hans Albers, ein Freund von Otto Gebühr. Wir fanden ihn toll und bedrängten ihn, immer weiter zu spielen. Er erkundigte sich nach unseren Namen. Wieder zu Hause angekommen, schwärmte ich meiner Mutter von Onkel Hans vor. "Wer ist Onkel Hans und wie heißt er mit Nachnamen?" "Albers heißt er", antwortete ich. "Du bist verrückt", sagte sie.

Dann kam eines Tages eine Karte bei uns an. Ein Portrait von H.A. mit Autogramm. Auf der Rückseite folgender Text:

> 'Der lieben kleinen Margot
> von Onkel Hans aus Hamburg'

Diese Karte tauschte ich in der Schule gegen zehn Glasmurmeln mit Schlieren ein. Das Murmelspielen war gerade große Mode.

Bereut habe ich es viele Jahre später als ich zum ersten Mal die 'Große Freiheit Nummer 7' sah. Mein Gott, Glasmurmeln waren mir damals wichtiger als etwas Schriftliches von Hans Albers.

Die weiße Frau

Helene Herveling-Bockenheuser wohnte zwei Häuser links von uns in ihrem hellblauen Holzhaus, umgeben von stark nach Nelken duftenden Ölweiden und Silberpappeln.

Ihren Hauptsitz Leipzig verließ sie Ende April und reiste mit viel Gepäck und ihrem Stieglitz Hansi in ihr Sommerhaus nach Hiddensee.

Stets trug sie weiße Gewänder und auf Hiddensee hatte sie den Spitznamen 'Die weiße Frau' oder 'Schleiereule'.

Ihren Mann, er war Opernsänger, hatte sie vor Jahren verloren. Ihm hatten wir Gören so manche Übungsarie verdorben, indem wir seinen Gesang mit Indianergeheul unterbrachen.

Sie hatte mich und meine Mutter aber sehr ins Herz geschlossen. Nicht nur wegen des guten Essens, das sie bei uns bekam. Sie war oft unser Gast. Auch brauchte sie eine Nachbarschaft, die sich um sie kümmerte. Ich war 10 Jahre alt und fragte sie eines Tages: "Frau Herveling, warum tragen sie nur weiße Sachen?" "Kind, schau in meine Augen, sie sind hellblau weil ich das Meer so liebe und dazu paßt nur die Farbe weiß."

Leni und Asta

Asta Nielsen, die bekannte Schauspielerin der Stummfilmzeit, war die beste Freundin von Helene Herveling. Sie schrieben sich regelmäßig in relativ kurzen Abständen umfangreiche Briefe. Das Augenlicht von Helene wurde schwach, und sie bat mich, ihr die Briefe von Asta vorzulesen. Jeder Brief fing an mit: 'Meine liebe Leni' und dann gab es einen ausführlichen Bericht ihres Lebens in Kopenhagen. Ich war zehn Jahre alt und hatte eine gute Handschrift. Helene bat mich, für sie die Briefe an Asta zu schreiben. Die Antwortbriefe von Asta schlossen fortan mit dem Satz: 'Der lieben kleinen Margot herzlichen Dank für die schöne Schrift'.

Biographen behaupteten immer, Asta Nielsen hätte ihre Korrespondenz ausschließlich mit der Schreibmaschine erledigt. Ich kann es widerlegen. Sie hatte eine steile, gut lesbare Schrift. Helene rief mich oft vom Strand in ihr Haus, weil ein Brief von Asta angekommen war. Ich hatte nur Spielhöschen an und war sehr braun gebrannt. Sie sagte eines Tages zu mir: "Margotchen, Du siehst aus wie ein Pfefferkuchenmann."

Leni und Ringelnatz

Joachim Ringelnatz war häufiger Gast bei Asta Nielsen in ihrem Haus 'Karusel' in Vitte/Norderende. Sie hatte sich einen Traum erfüllt und dieses Haus von Max Taut mitten auf eine Wiese bauen lassen mit Blick auf den Vitter Bodden.

Es wurde Treffpunkt für zahlreiche Künstler.

Ringelnatz schloß das in der Nähe liegende blaue Holzhaus von Helene Herveling in sein Herz - auch die Besitzerin. Besonders gefiel ihm die Strandnähe des Hauses. Helene erzählte mir einige lustige Begebenheiten mit Ringelnatz.

Vollgefüllt mit erlesenen Spirituosen stürzte er sich bei kaltem Wetter splitternackt in die Ostsee und kam voller Gedichtideen zurück. Spontan hat er eine Ode an das blaue Haus geschrieben und an die Haustür genagelt. Ich habe sie Jahrzehnte danach noch dort hängen gesehen. Er saß oft stundenlang am Strand, unser steiniges Norderende beflügelte seine Phantasie. Aus Steinen baute er skurrile Skulpturen und schenkte sie Helene.

Ich habe sie alle bewundern dürfen. Wo sind sie geblieben? Vielleicht sind sie wieder zurückgekehrt an den Strand.

Die Hollywoodschaukel

Meine Freundin Helga Kasten wohnte mit ihren Eltern im 'Karusel', dem Haus von Asta Nielsen. Sie waren Mieter des Hauses und standen mit Asta in ständigem Kontakt. Im Garten stand immer noch die Hollywoodschaukel von Asta. Sie war sehr stabil, aber den Witterungseinflüssen und den tobenden Inselgören nicht gewachsen. Wir haben es fertig gebracht, die Hollywoodschaukel völlig zu zerstören.

Ringelnatz hat sie unsterblich gemacht mit seinem Gedicht.

INSEL HIDDENSEE

Kühe weiden bis zum Rande
Großer Tümpel, wo im Röhricht
Kiebitz ostert. - Nackt im Sande
Purzeln Menschen selig töricht.
Und des Leuchtturms Strahlen segnen
Eine freundliche Gesundheit.
Andererseits: Vor steiler Küste
Stürmen Wellen an und fliehen. -
Nach dem hohen Walde ziehen
Butterbrote und Gelüste.
Fischerhütten, schöne Villen
Grüßen sich vernünftig freundlich.
Steht ein Häuschen in der Mitte,
Rund und rührend zum Verlieben.
 'Karusel' steht angeschrieben.
Dieses Häuschen zählt zu Vitte.
Asta Nielsen - Grischa Chmara,
Unsre Dänin, und der Russe -,
Auf dem Schaukelpolster wiegen
Sich zwei Künstler deutsch umschlungen -
Gar kein Schutzmann kommt gesprungen -
Doch im Bernstein träumen Fliegen.
Um die Insel rudern, dampfen,
Treiben, kämpfen Boote, Bötchen.

Der Professor

Ein bekannter Arzt der Charité verbrachte mit Frau und zwei Töchtern einige Jahre die Sommerferien in dem Haus von Alfons Müller, in dem meine Mutter und ich eineinhalb Zimmer bewohnten. Ich war 12 Jahre alt, er vielleicht 40 als wir uns kennen lernten.

Jeden Abend spielte die Dorfjugend auf der großen Wiese bei den Kiefern Völkerball. Ich war der Anführer all dieser Veranstaltungen. Zu mir kamen meine Kumpels um zu erfahren, was an Spielen, Streichen etc. auf der Tagesordnung steht.

Die beiden Töchter des Arztes habe ich sofort als völlig verweichlichte Stadtpflanzen eingestuft. Nicht einmal schwimmen konnten die und am Strand trugen sie Gummischuhchen. Ihr Vater stand jeden Tag sehnsüchtig am Spielfeldrand und beneidete uns sehr. Eines Tages faßte er Mut und fragte mich, ob er mitspielen dürfe. Ich nahm ihn in meine Mannschaft auf.

Er spielte gut - wir waren zu frieden. Jeden Tag bat er uns dann höflich um die Erlaubnis, mitmachen zu dürfen.

Eines Abend hörte ich, wie seine Frau zu ihm sagte: "Ich verstehe nicht, daß du dich mit diesem Dorfpöbel abgibst, vergiß nicht, wer du bist!"

Meine Freunde sagten zu mir: "Worum löttst du dissen ollen Kierl mitspälen?"

Das Wunder

Der Professor war unten am Strand, suchte nach Muscheln und ich sah ihm an - er war einsam. Er tat mir leid. "Ich kann etwas Tolles!" rief ich ihm zu und steckte mir vor seinen Augen eine Sanddornbeere in ein Nasenloch. Lange vorher hatte ich eine Beere in meinem Mund versteckt. "Herr K., ich kann diese Beere innen von der Nase in den Mund transportieren und sie dann ausspucken."

"Nein Kind", sagte er, "das ist unmöglich." "Doch – ich kann es!" Ich würgte furchtbar, schniefte und stöhnte und holte aus meinem Mund die Beere hervor. Er staunte mächtig und wollte, daß ich das Experiment wiederhole.

"Nee", sagte ich, "das hat eben so weh getan. - Später vielleicht."

Der Abschied

Die Ferien der Familie K. neigten sich dem Ende zu.

Alle Hiddenseer Gören verdienten sich ein paar Groschen und fuhren mit dem Handwägelchen die Koffer der Gäste zum Hafen. Der Professor bat mich, ihr Gepäck zum Hafen zu fahren. "Ich fahre nur Ihren Koffer", war meine Antwort. K. und ich zogen meinen kleinen Handwagen mit seinem Gepäck. Seine verweichlichten Töchter und die hochglanzpolierte Gattin schleppten ihre Sachen unter Stöhnen zum Schiff.

Auf dem Weg zum Hafen dachte ich: Wenn er mir Geld gibt, ist er für mich gestorben.

Er bedankte sich bei mir, umarmte mich mit Tränen in den Augen und ich winkte lange dem Dampfer hinterher. Er hatte auf der Insel ein Stück Kindheit wiedergefunden.

Jahrzehnte später erzählte ich die Geschichten meiner Bekannten, Rosemarie, einer Ärztin.

Und wieder einmal schloß sich ein Kreis im Leben. Sie war eine Studentin des Professors. Unter Studenten war er gefürchtet und als streng und unnahbar bekannt.

Mondgold

Vollmond und Windstille - diese Kombination habe ich als Kind geliebt. Nachts schlich ich mich manchmal aus dem Haus. Sehr leise, meine Mutter durfte es nicht merken. Ich ging zum Wasser und konnte mich nicht satt sehen. Der Mond spiegelte sich in der Ostsee und ich sah, daß Gold aus ihm herausströmte und ins Wasser fiel. Diese Gedanken erzählte ich Max Beier. Ich war oft bei ihm in der Werkstatt und sah ihm beim Bernsteinschleifen und Polieren zu. "Ja", sagte er, "das mit dem Gold stimmt. Das ist der gelbe Bernstein. Du brauchst aber nicht ins Wasser gehen, warte bis er angespült wird."

Später lernte ich, daß Bernstein nur ein Harz ist.

Die Kindheit hört auf

Von 1946 bis 1954 besuchte ich die Volksschule in Vitte. Unsere Lehrer verabschiedeten ihre 8. Klasse im 'Godewind'. Es war eine zu Herzen gehende Veranstaltung. Unser Lehrer Baars schämte sich seiner Tränen nicht. Wir, seine Küken, waren plötzlich flügge. Einige meiner Mitschüler gingen nach Rügen oder Stralsund, um vernünftige Berufe zu erlernen. Meine Mutter hatte ständig Angst um ihr einziges Kind und ihr Wunsch war es, daß ich auf der Insel bleiben sollte. Unser Nachbar, Herr Elbe, war der Chef unserer BHG - die exakte Bezeichnung lautete 'Vereinigung der gegenseitigen Bauernhilfe - Bäuerliche Handelsgenossenschaft'. Er machte meiner Mutter den Vorschlag, mich als Büroanlernling einzustellen. Der 13. Juli 1954 war mein erster Arbeitstag in der BHG am Süderende. Enge dunkle Räume und Frau Elbe mit der doppelten Buchführung erwarteten mich. Neben den Büroräumen befand sich der Verkaufsladen der BHG. Es gab von Kernseife bis zum Hackenstiel alles zu kaufen. Saatgut, Fahrradreifen, Seifenpulver und Düngemittel erzeugten einen stechenden Geruch, der mitunter kaum zu ertragen war. Oftmals mußte ich hinter dem Ladentisch stehen und die Kunden bedienen.

Ich erinnere mich, daß Arthur Mann aus Grieben Leckrollen verlangte. Noch nie hatte ich von derlei Dingen gehört und bekam einen Lachanfall. Günter Niemann, mein Kollege, klärte mich auf und gab Arthur das Gewünschte - es wurde noch gefragt: "Leckroll für de Zeech oder för de Kau?" So lernte ich, daß Tiere ihre fehlenden Mineralien aus der Leckrolle holen. Für mich war die Tätigkeit dort in der BHG eine Tortur. Trockene Buchführung zu erlernen, Akten zu ordnen - das war nicht meine Vorstellung vom Leben. Einmal habe ich mich derartig geekelt, daß ich auf die Toilette gehen mußte, um mich zu übergeben. Das einzig Positive dieser kleinen BHG-Episode war die Begegnung mit Günter Niemann. Ein hoch gewachsener Mann, der schwerverletzt aus dem Krieg in sein Hiddenseedorf zurückgekehrt war. Seine große Liebe hatte auf ihn gewartet und sie heirateten. Trotz seiner Behinderungen konnte er seine Arbeit in der BHG gut versehen.

Ich habe ihn als einen guten, hilfreichen und verläßlichen Menschen in meiner Erinnerung behalten. Sein Grab auf dem Inselfriedhof, das seit Jahrzehnten mit wunderschönen Blumen geschmückt ist, besuche ich immer gern.

Die Prüfung

Von Helga, Monika und Brigitte erfuhr ich, daß die Hiddenseer Filiale des Instituts für Strahlungsquellen der Deutschen Akademie der Wissenschaften zu Berlin Physiklaboranten ausbilden will. Alle drei hatten sich beworben und wurden angenommen. Die Außenstelle des Instituts für Strahlungsquellen befand sich auf dem Schwedenhagen in Kloster.

Mitte August informierte ich den BHG-Boss Elbe, daß ich ab 1. Oktober 1954 ein Physiklaborantenleben anfangen will. Er bekam einen Wutanfall und bewarf mich mit einer Federschale voller Bleistifte.

Adieu billige Bürokraft! Mein Arbeitsverhältnis wurde am 30. September 1954 aufgelöst.

Kurz zuvor war ich im Institut, um mich zu bewerben. Meine drei Schulfreundinnen waren schon einen Monat in der Ausbildung. Ich irrte durch die Flure, hörte Stimmen und klopfte bescheiden an eine Tür. Eine nette Männerstimme sagte "Herein" und zwei ältere Herren begrüßten mich. Den einen kannte ich, es war Professor Robert Rompe, der andere war der Nobelpreisträger Professor Gustav Hertz.

Ich trug mein Anliegen, unbedingt Physiklaborantin werden zu wollen, vor.

"Na dann wollen wir doch gleich einmal die Aufnahmeprüfung machen", schmunzelten sie. In bester Erinnerung ist mir die Frage von Gustav Hertz: "Margotchen, was ist das Wichtigste am Radio?" Meine Antwort kam prompt: "Die Antenne! Immer wenn die raus ist, sagt meine Mutter, 'dat Ding spielt nicht!'" Ich hatte keine Ahnung, warum die beiden Herren sich halbtot lachten.

Am 1. Oktober 1954 begann meine Lehre dort im Institut.

Ein verliebter Seemann

Friede Schluck hatte ihren Neffen, Karl-Peter, aus Bremen zu Gast. Er verlebte seine Ferien auf Hiddensee bei seiner Tante. Ein sechzehnjähriger hoch gewachsener Bursche mit schwarzen Haaren. Ich war ebenfalls sechzehn Jahre alt und fuhr oft mit dem Fahrrad an Schlucks Grundstück vorbei. Bei meinem Anblick versteckte er sich stets. Mir fiel auf, daß er sehr häufig um unser Grundstück spazierte und am Strand zu sehen war. In der 'Heiderose' fand ein Tanzvergnügen statt und meine Mutter nahm mich mit. Karl-Peter war mit seiner Tante auch anwesend und immer wenn mich ein

Segelschulschiff
'Deutschland'

Hiddenseer zum Tanzen holte, rollte er wütend mit den Augen. Er hat es jedoch nicht gewagt, mich aufzufordern. Das Ende der Veranstaltung nahte, meine Mutter und ich machten uns auf dem Heimweg. In geringem Abstand folgte uns Karl-Peter und geleitete uns nach Hause. Es wurde kein einziges Wort gewechselt. Die Ferien gingen zu Ende und er mußte wieder zurück nach Bremen. 1957 erhielt ich eine Ansichtskarte mit dem Foto des Segelschulschiffes 'Deutschland'. Viele Grüße von Bord der 'Deutschland' sendet K.P. Ahrens. Er begann dort an Bord seine seemännische Ausbildung. Er schrieb noch viele Briefe und berichtete mir von seiner Arbeit auf den Schiffen und von seinen Landgängen. Meine Mutter riet mir dringend dem 'armen' Jungen zu schreiben was ich dann auch tat. Von nun an endeten seine Briefe mit 'herzliche Grüße, Dein Karl-Peter'. Ich habe alle Briefe aufgehoben. Er mußte jedoch damit leben, daß ich heiratete und nicht mehr Fräulein Gudjons war. Wir haben uns weiter geschrieben bis er Kapitän auf großer Fahrt war. Niemals haben wir mit einander gesprochen.

Ausflug zum Königsstuhl 1954

Charly

Bäckermeister Rohde bekam einen Gesellen vom Festland, ein gut aussehender junger Mann namens Charly mit schwarzen Haaren und blauen Augen. Alle Mädels waren verrückt nach ihm.

Es gab damals noch viele beliebte Veranstaltungen auf der Insel. Tradition hatten der Maskenball, der Fischer- und der Feuerwehrball.

Zu einem Fischerball nahm mich meine Mutter mit. Ich war 16 Jahre alt und putzte mich heraus. Aus meinen Zöpfen machte ich einen Pferdeschwanz und ich trug ein von meiner Mutter genähtes Kunstseidenkleid.

Veranstaltungsort all dieser Bälle war das 'Deutsche Haus' in Vitte. Es spielte eine Kapelle von Rügen. Alle Mädchen hatten sich schön gemacht und hofften, die Aufmerksamkeit von Charly zu erregen. Der Tanz begann und der junge Mann kam an unseren Tisch und bat meine Mutter, mit mir tanzen zu dürfen. Ich hätte es niemals für möglich gehalten, daß er mich erwählte. Ich war den ganzen Abend lang seine einzige Tanzpartnerin und da er mir nicht unangenehm war, war es ein Vergnügen. Charly brachte mich und meine Mutter nach Hause und bat um ein Rendezvous am nächsten Nachmittag. Meine Mutter ließ mich sogar allein mit ihm spazieren gehen. Schüchtern hielten wir uns an den Händen und umrundeten die Steilküste. Ein kleines Küßchen zum Abschied auf die Wange war die größte Liebesbezeigung. Charly mußte zur Meisterausbildung zurück aufs Festland.Die Erinnerung an einen schüchternen, schönen und in mich sehr verliebten jungen Mann blieb.

Der einsame Hund

Im Nordzimmer meines Hauses in Grieben steht auf dem Regal ein weißer englischer Porzellanhund. Solche Hunde kommen eigentlich nur zu zweit vor.

Dora Gau, die das Haus neben Fritz Mann besaß, war eine sehr gute Freundin meiner Mutter. Alleinstehend und sehr einsam war sie froh, jemand in ihrer Nähe zu haben, der ihren Geschichten gern zuhörte. Sie hatte in jungen Jahren einen Freund, der Matrose auf großer Fahrt war und ihr aus aller Welt Kurioses mitbrachte. Das Porzellanhundpaar und die schöne blau gemusterte Sammeltasse brachte er aus England mit.

Dora war das Kindermädchen unseres Inselarztes Doktor Ehrhardt, den sie sehr verehrte. Didi, Ellen (Müsing) und Ute waren fast ihre Kinder. Dr. Ehrhardt ging vor 1961 mit der Familie in den Westen. Einen der englischen Hunde schickte Dora ihrem geliebten Inselarzt. Uns schenkte sie den nun vereinsamten Porzellanhund und die

wunderschöne Tasse. Wo ist der andere Hund gelandet? Dr. Ehrhardt starb, Ute heiratete G. Grass. Vielleicht steht er in einem Regal und inspiriert einen Dichter.

Oll Fischer Dau

Irmgard Hübner trug zu besonderen Anlässen in der Schule das Gedicht vom ollen Fischer Dau vor. Wir Kinder freuten uns jedes Mal und unsere Lehrer auch. Ihre Tante Ilse hatte es einmal aufgeschrieben und es wurde von Generation zu Generation weiter gegeben. Diese Geschichte soll sich so um 1920 zugetragen haben.

Oll Fischer Dau ut Grieben
Wull sick eenmal de Tied verdriewen.
Hei verköfft dat Schwien, steckt Geld in de Tasch
Und führt no Berlin.
Up'n Stettiner Bahnhof kem Dau nu an
Und blew mitten up den Bohnstich stahn.
De Schaffner secht: "Trab, trab, geben sie mal ihre Fahrkarte ab!"
Wat, secht Dau: "Wie ans, wieso, wie komm ick dor to?
De Kort ist betohlt, de blewt mien, dorför will ick mie amisiern in Berlin!"
Der Schaffner versteiht Spoß un let em gohn un denkt bi sick
"De richt noch wat an!"
Oll Dau geiht wieder mit grooter Hast
Und führt mit de Elektrische bit nohn Feenpalast.
Dor sticht hei ut und tau Faut hei geiht,
bit hei mit eis vorn Schupo steiht.
"Gaun Tach, du Mors", secht Dau tau em, "wat steihst du hier rüm
mit de Händ in de Tasch?"
De Schupo kiekt und ward ganz blass und denkt bei sich
"wat is mir das?"
"Das Pulver haben sie bestimmt nicht erfunden,
ich muß sie notieren und mitnehmen für einige Stunden!"
Wat secht Dau "Latens mie ruhig gohn, mie deit leed,
wenn sei nich künn Plattdütsch verstohn.
Denn up Hiddensee heit dat nich Sie, sondern Du,
taun Po seggn wie Mors - verstohst mie nu?"
Oll Dau geiht wieder und geiht no denn Zoo
Und sitt mit eis mang de Apen und wunnert sich so.
"Ji sünd ja narsche Minschen", denkt Dau in sein Sinn.
"Wenn se all sone Gesichter hebbn, denn dank ick vör Berlin!"
Disse Geschichte soll wohr sin,
kannst glöwen den Sinn,
oll Dau hetts utfreten, as echter Hiddenseer in Berlin.

Nachwort.

Viele Geschichten könnte ich noch aufschreiben, über die Hiddenseer, über die oft schwierigen Lebensbedingungen und über die Freude an der unverfälschten Natur. Hiddensee ist kein mondäner Badeort und wird es hoffentlich nie werden.

Mir war es ein Bedürfnis, diejenigen in der Erinnerung aufleben zu lassen, die meine Kinder- und Jugendzeit begleiteten. Die Zeit nach dem Krieg war in vielerlei Hinsicht nicht leicht, man war aufeinander angewiesen, ganz besonders auf der kleinen Insel. Fernsehen und andere moderne Zerstreuungen gab es nicht. Aber die zwischenmenschlichen Beziehungen waren noch in Ordnung. Es war selbstverständlich einander zu helfen, die Nachbarn besuchten sich gegenseitig und nahmen am Schicksal des Anderen teil. Viele gemeinschaftliche Veranstaltungen kamen zustande, sowohl im kleinen Kreis der Familie und Nachbarschaft als auch im Rahmen der ganzen Insel. Da gab es keine 'Finanzierung' oder 'Sponsoring' von dritter Seite, alles beruhte auf der Eigeninitiative der Hiddenseer. Auch die Randbedingungen für den Schulunterricht waren alles andere als problemlos, aber unsere Lehrer haben sich viel Mühe mit uns gegeben und viel dazu beigetragen, uns auf den Lebensweg vorzubereiten. Ich behalte sie in dankbarer Erinnerung, so wie auch meine Schulfreundinnen und -freunde und die vielen Hiddenseer und Feriengäste, an welche mich die eine oder andere Episode lebhaft erinnert.

Ein ganzes Buch könnte man den Hiddenseer Kochrezepten widmen. Bodenständige Gerichte, nicht kulinarisch bis zur Unkenntlichkeit verbogen, erfreuen jeden Gourmet. Es sind unter anderem Fischgerichte, wo man den Fisch in seiner ganzen Frische und Köstlichkeit erlebt. Seit meiner Kindheit koche ich gern und ein paar meiner selbst kreierten Fischrezepte sollen den Abschluß meiner Geschichten bilden.

Zanderragout

(6 Pers.)

Zutaten:  3 große Zander, 3 Zwiebeln, 1 mittel-
große Zuchini, 1 Gurke, 1 Knoblauch-
zehe, 3 Eßl. Butter, 1 Eßl. gehackter
Dill, 1/2 Teel. Oregano, 1/2 Tasse
süße Sahne, Salz, Pfeffer, Mehl

Zubereitung:
Zander ausnehmen, enthäuten, filetieren.
Aus Kopf, Gräten, Flossen und Haut einen
Sud kochen (s. Sudrezept). Gurken, Zuchini und
Zwiebeln in kleine Stücke schneiden. Knoblauch hacken. Butter schmelzen, das Gemüse
sanft schmoren, mit Mehl bestäuben und
den Sud angießen. Die Soße muß eine sämige
Konsistenz haben. Zanderfilets in kleine
Stücke schneiden und in der Soße garziehen lassen. Vor dem Servieren die Sahne
unterrühren u. das Zanderragout mit dem
kleingehackten Dill bestreuen.

Barschleberklößchen (ca. 20 Stück)

__Zutaten:__ 1 großer Barsch, 1 Ei, 2-3 Eßl. Semmelmehl, 1 Brötchen, 1 kleine Zwiebel,
2 Stengel Petersilie, Salz, Pfeffer, Majoran,
Oregano, etwas Mehl, Kopf, Flossen und
Gräten für den Sud (1 Std. darin köcheln)

__Zubereitung:__

Barsch schuppen, ausnehmen. Leber vorsichtig von
der Galle trennen. Kopf und Flossen abschneiden.
Barsch filetieren. Sud herstellen: Wasser, 2 Lorbeerblätter, 3 Pimentkörner, 5 Wacholderbeeren, 1 Eßl.
Senfkörner, Salz, 1 Zwiebel). Sud ½ Std. köcheln.
Barschfilets zusammen mit der Leber durch
den Fleischwolf drehen, mit der feingehackten
Zwiebel, dem eingeweichten Brötchen, dem Ei und
den Gewürzen verkneten. Semmelmehl hinzufügen.
Kloßmasse muß eine halbfeste Konsistenz
haben. Mit bemehlten Händen kleine Klöße
formen und im Fischsud ca. 20 min ziehen
lassen. Nicht kochen! Herausnehmen und
als wunderbare Einlage in eine Fischsuppe
geben!

Pfeffer

SALZ

82

Fisch-Porree-Topf
(4 Pers.)

Zutaten: 3 Stangen Porree, je 2 Pakete (TK) Seelachs, Seehecht, Rotbarsch (insgesamt ca. 2 kg Fisch), 250 g Kartoffeln, 4 Epl. Butter, 1 Knoblauchzehe, 2 Zwiebeln, 3 Eier, 2 Epl. Mehl, 1/8 l Milch, 1/8 l Gemüsebrühe, Salz, Pfeffer, Zitrone

Zubereitung:
Porree in Scheiben schneiden Zwiebeln würfeln. Fisch in mundgerechte Stücke schneiden, mit Zitronensaft beträufeln u. leicht salzen. Butter erhitzen, Zwiebelstücke u. Porreescheiben hinzufügen. Die zart blättrig geschnittenen Kartoffeln auf dem Gemüsegemisch mitschmoren. Alles halbgar dünsten. Eine Auflaufform mit Butter ausstreichen, mit Semmelmehl pudern. Eine Schicht Porree-Kartoffel-Porreegemisch in die Form geben. Fischstücke darauf gleichmäßig verteilen. Mit obigem Gemisch abdecken. Gemüsebrühe angießen. Aus Milch, Mehl, Eiern und der zerdrückten Knoblauchzehe Brei mixen und über den Auflauf kippen. Butterflöckchen aufsetzen und ca. 50 min bei mittlerer Hitze im Ofen überbacken.

Fischfrikadellen „Hiddensee"

(4 Pers.)

Zutaten: 3 Barsche, 1 Dorsch,
1 kleiner Hecht, 1 Zander
1 große Zwiebel, 2 Eier, 1 Eigelb,
2 Brötchen, 1 EßL. Senf,
Salz, Pfeffer, 1 Teel. Majoran
1/2 Tasse Semmelmehl, Öl

Zubereitung:
Fische filetieren und durch den Fleisch-
wolf drehen. Fischmasse mit den ein-
geweichten Brötchen, den sehr klein ge-
schnittenen Zwiebeln u. den Gewürzen
vermengen. Eier und Eigelb hinzufügen.
Bei Bedarf (Masse ist zu dünn!) etwas
Semmelmehl hineinkneten.
Mit bemehlten Händen flache Klopse
formen und in heißem Öl von beiden
Seiten braten.
Dazu passen grüner Salat u. Kartoffelbrei.

Fisch im eigenen Saft
(2 Pers)

Zutaten: 2 Forellen
1 Zwiebel
Petersilie, 2 Salbeiblätter
Schnittlauch, Zitrone
Salz, Pfeffer, Butter
1 Epl. Sojasoße

Zubereitung:

Fisch säubern, kurz abspülen, mit Zitronensaft beträufeln. Innen und außen salzen und pfeffern. Die Zwiebel vorher leicht anschmoren. Eine feuerfeste Auflaufform mit Deckel gut fetten u. die Fische nebeneinander hineinlegen. Mit den gehackten Kräutern umlegen, die geschmorte Zwiebel und die beiden Salbeiblätter (nicht gehackt) hinzufügen u. mit Butterflöckchen dicht besetzen. Leicht mit Sojasoße beträufeln. Gefäß schließen. Im vorgeheizten Backofen bei 200°C ca. 30 min garen. Nach 15 min prüfen ob der Fisch schon gar ist. Es eignen sich am besten komplette Fische wie beispielsweise Barsch, Dorade, Lachs.

Gebratener Aal mit Knoblauch, Zwiebeln und Oregano

Zutaten:
2 kg Aal, küchenfertig und in 5 cm lange Stücke geschnitten,
5 Knoblauchzehen, 1 große Zwiebel,
2 Eßl. Oregano, Öl, Salz, Zitrone

Zubereitung:
Aal salzen mit Zitronensaft marinieren, in Mehl wälzen und im heißen Öl von allen Seiten kroß braten.
Knoblauchzehen in kleine Stücke schneiden, die Zwiebel in Ringe. Beides in die Pfanne zum Aal tun und kurz mitbraten.
Alles mit dem Oregano bestreuen.
Mit Vollkornbrot servieren.
Dazu paßt ein Nordhäuser Doppelkorn.

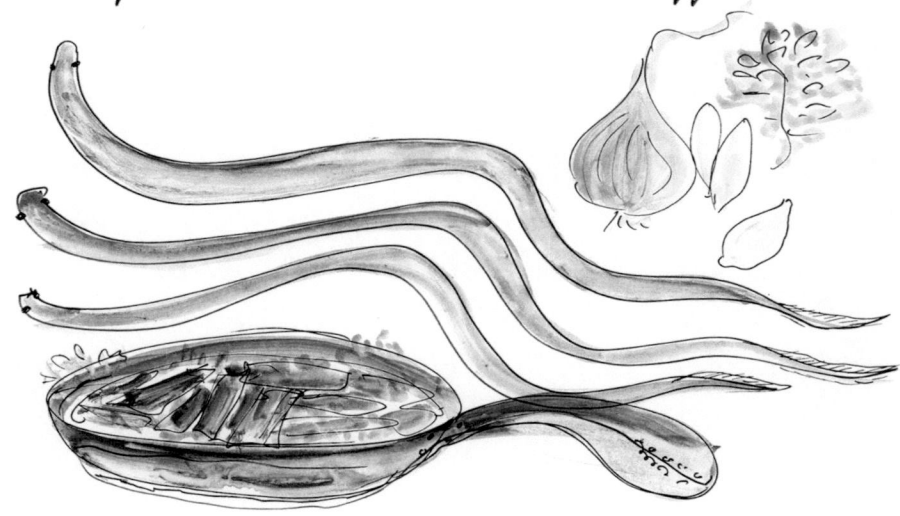

Gebratener Fisch in würziger Tunke

Zutaten: Zander, Barsch, Aal, Scholle, Hecht, Dill, Zwiebeln, Senfkörner, Pfefferkörner, Piment, Lorbeerblätter, Wacholderbeeren, Zitrone, Mehl, Speiseöl, Salz, Essig.

Zubereitung: Fische säubern, säuern, salzen. In Mehl wenden und in heißem Öl braten. Tunke herstellen: 3 l Wasser zum Kochen bringen. 1 Eßl. Senfkörner, 10 Wacholderbeeren, 20 Pfefferkörner, 10 Pimentkörner, 4 Lorbeerblätter hinzufügen. Salzen und zuckern nach Geschmack 3/4 Std. köcheln. Jetzt Essig hineingeben und pikant abschmecken. 1 Bund Dill (gehackt) dazutun.
Die gebratenen Fischstücke noch heiß in den Sud legen. Grobe Zwiebelscheiben reichlich dazwischen schichten. Nach 10 Std. ist der Fisch durchgezogen. Schmeckt mit Brot oder Pellkartoffeln sehr gut. Dazu paßt ein Rostocker Kümmel!

Hiddenseer Rollmops

Zutaten: 10 große fangfrische Heringe, 200 g Salz, Pfeffer, 3 Lorbeerblätter, 1 l Essig (3,5 %), 10 Pfefferkörner, 1 Epl. Senfkörner, 20 zerdrückte Korianderkörner, 4 Pimentkörner, 10 kleine Zwiebeln, Gewürzgurken

Zubereitung:

Heringe waschen, den Bauch aufschneiden, ausnehmen. Mittelgräte entfernen, kleine Gräten sorgfältig entfernen. Fisch flach ausbreiten und in eine große Glasschüssel legen. Kalt stellen. 200 g Salz in 1 l Wasser rühren und bei mittlerer Hitze auflösen. Abkühlen. Erst dann über die Fische gießen. Über Nacht kalt stellen.

Den Essig mit den Gewürzen und den 10 kleinen Zwiebeln bei mittlerer Hitze köcheln. Abkühlen. Heringsfilets abspülen, trocknen u. mit der Hautseite nach unten auf ein Brett legen. Eine Zwiebelscheibe in die Mitte der Filets legen und darauf eine kleine Gewürzgurke. Vom Kopf her aufrollen und mit einem Zahnstocher feststecken.

Die Rollmöpse in ein Glas schichten, den Sud darüber gießen und alles fest verschließen. Nach 3 Tagen sage ich „Guten Appetit"! Dazu paßt saure Sahne, ein Bier u. Brot.

Meine schnelle Fischsuppe
(4 Pers.)

Zutaten:
1 kg Fisch (Seehecht, Seelachs, Rotbarsch, TK-Ware)
3 Stangen Porree,
2 Gemüsezwiebeln,
5 große Kartoffeln,
1 Bund Lauchzwiebeln,
1 Becher Creme fraiche,
Pfeffer, Salz, 1 Bund Dill,
1 Zitrone, Öl, Fischfond oder Gemüsebrühe

Zubereitung:
Fisch in grobe Stücke schneiden und mit Zitronensaft beträufeln. Kartoffeln würfeln, Porree in Scheiben schneiden, Zwiebeln klein hacken. In wenig Öl Porree u. Zwiebeln schmoren, Fond oder Gemüsebrühe angießen, Kartoffeln hinzufügen. Alles garkochen. Lauchzwiebeln klein schneiden u. extra kurz schmoren. Fischstücke in der Suppe gar-ziehen lassen. Alles würzen, Creme fraiche unterrühren, mit gehacktem Dill bestreuen. In jeden Teller zuerst einen Löffel geschmorte Lauchzwiebeln u. eine Zitronscheibe geben, mit der Suppe auffüllen.

Zander-Lachs-Ragout, Hiddensee
(2 Pers.)

Zutaten:
500 g Zanderfilet
250 g Lachsfilet
1 Gemüsezwiebel, 1 Stange Porree,
1 Knollenfenchel, 1 Teel. Thymian,
1 Teel. Koriander (gemahlen),
1/2 Tasse Olivenöl,
1 Flasche Weißwein (trocken),
200 g Crème fraiche, 1 Zitrone,
Pfeffer, Salz, Mondamin

Zubereitung:
Fischfilets in Stücke schneiden. Mit Zitronensaft beträufeln. Gemüsezwiebel längs halbieren und in feine Streifen schneiden. Fenchel vom Strunk befreien u. ebenfalls fein zerschneiden. Das Grün aufheben. Porree in Ringe schneiden. Das gesamte Gemüse in Olivenöl schmoren, nicht bräunen! 1/3 Fl. Weißwein hinzufügen u. alles sanft köcheln lassen. Fischstücke hineingeben u. garziehen lassen. Nicht kochen. Mit den Gewürzen abschmecken. Mit Mondamin binden u. Crème fraiche unterrühren. Mit zerhacktem Fenchelgrün garnieren. Dazu paßt frisches Weißbrot und der Rest vom Weißwein.

Meine ausprobierte Menge
für Graved-Fisch (2-3 Pers.)

Zutaten: 500 g küchenfertiges Fischfilet,
fangfrische Fische wie Hecht,
Zander, Lachs, Lachsforelle sind
zu empfehlen.
1 Eßl. Salz, 1 Teel. Zucker,
4 Pimentkörner, 10 Pfefferkörner,
1/3 Bund Dill

Zubereitung:
Piment und Pfefferkörner im Mörser zer-
stoßen, mit dem Salz, Zucker und dem
sehr fein geschnittenen Dill vermischen.
Fisch in flache Scheiben schneiden. Von
beiden Seiten mit der Mischung einreiben
und fest in ein gut verschließbares Gefäß legen. Ich nehme gerne ein Jenaer
Glasgefäß oder eine ausgediente läng-
liche Eisschachtel. Alles fest andrücken,
etwas beschweren. Vielleicht mit einem
hübschen Granit vom Strand. Verschließen
und für etwa 3 Tage in der kühlen
Küche stehen lassen. Danach in den
Kühlschrank stellen. Ab dem 10. Tag
Guten Appetit! Mit feinen Ringen von
Schalotten und Graved-Senf serviert, ist es
ein kulinarisches Erlebnis.
Bitte sehr genau die Rezeptur einhalten!

Das Traum – Lachssüppchen
(4 Pers.)

Zutaten: 250 g Lachs (TK oder frisch),
3 Zwiebeln, 3 Ebl. Butter, 2 Ebl. Mehl,
2 Ebl. Creme fraiche, ½ Knoblauchzehe, Petersilie, Dill, 1 Lorbeerblatt,
1 Teel. Fondor, Pfeffer,
1½ l heißes Wasser, 2 Ebl. Tomatenmark

Zubereitung:

Die Zwiebeln klein schneiden u. in der Butter
glasig dünsten, mit dem Mehl bestäuben u.
das heiße Wasser angießen. Lorbeerblatt, Knoblauch hinzufügen. Alles durchkochen lassen.
Tomatenmark, Fondor u. Pfeffer dazugeben
Alles pikant abschmecken. Den in Stücke
geschnittenen Lachs in der Brühe ziehen
lassen. Creme fraiche unterrühren. Vor
dem Servieren die feingehackten Kräuter
raufstreuen. Dazu Weißbrotscheiben be-
strichen mit Knoblauchmayonnaise reichen.

Fisch auf Gemüse (4 Pers.)

Zutaten:
4 Zanderfilets, 4 Rotbarschfilets (TK-Ware), 1 Knollenfenchel, 3 Schalotten, 2 große Stangen Porree, Olivenöl, 4 Eßl. Butter, geriebene Semmel, Salz, Pfeffer, 1 Zitrone, Dill u. Petersilie

Zubereitung:
Fischfilets im gefrorenen Zustand salzen und mit dem Saft der Zitrone beträufeln.
Das Gemüse in Streifen schneiden und in Olivenöl dünsten. Es muß noch Biß haben. Eine Auflaufform (m. Deckel), ölen und mit der geriebenen Semmel dick ausstreuen. Gemüse hineinfüllen und den Boden gleich- mäßig bedecken. Fischfilets fächerförmig in das Gemüse drücken. Mit Semmelmehl bestreuen, etwas pfeffern und die Butter- flöckchen aufsetzen. Deckel schließen und bei 180°C (Ober- u. Unterhitze) 15 min garen, danach Deckel wegnehmen u. 10 min bei Oberhitze weitergaren. Mit Dill und Peter- silie (beides feingehackt) bestreuen. Im Auflaufgefäß servieren. Dazu passen gut Pellkartoffeln und ein gutes Bier!

Schwedische Fischsuppe
(4 Pers.)

Zutaten: 1 kg Fisch (möglichst 3 Sorten),
3 große Kartoffeln, 2 große Zwiebeln,
1 Knoblauchzehe, 1 große Tasse
passierte Tomaten, 3 Eßl. Butter,
3 l Fischfond oder Gemüsebrühe,
1 Lorbeerblatt, 3 Pimentkörner,
Salz, Pfeffer, 1/4 l Sahne, 1 Bund Dill,
1 Zitrone

Zubereitung:

Zwiebeln und Knoblauch fein schneiden und
dünsten (in der Butter). Mit Brühe oder Fond
auffüllen, die kleingeschnittenen Kartoffeln
und die passierten Tomaten hinzufügen,
garen, pürieren. Fischstücke mit Zitrone
beträufeln und in dem Sud garziehen
lassen. Vor dem Servieren Sahne einrühren.
Auf vorgewärmte Teller geben und mit dem
kleingehackten Dill bestreuen.
Riesengarnelen verfeinern diese Suppe,
auch eine Handvoll Shrimps.

Krabbencocktail

Zutaten:

100 g Mayonnaise
4 Eßl. Tomatenketchup
150 g Krabben oder Großgarnelen
1 kl. Zwiebel
1/2 kl. säuerlicher Apfel
1/8 l Schlagsahne
Salz, Pfeffer, Zucker
Petersilie, Zitronenachtel

Zubereitung:

Mayonnaise mit Tomatenketchup verrühren.
Die Mischung muß zartrosa aussehen.
Zwiebel u. Apfel sehr fein schneiden und
hinzufügen. Mit der Sahne glattrühren
und den Gewürzen ausgewogen abschmecken.
Den Rand von hochstieligen Gläsern mit
Zitronensaft anfeuchten u. in Zucker
drehen. Jetzt die kleingeschnittenen Krabben
oder Großgarnelen in die Mayonnaisemischung
geben. Gut verrühren u. vorsichtig die
Gläser füllen. Mit Petersilieblättchen und
einer halben Physalis garnieren. Mit Zitro-
nenachteln u. frisch getostetem Weißbrot
servieren.

Pikante Heringshappen

Zutaten: 10 grüne Heringe, 5 Zwiebeln,
1 Eßl. Senfkörner, 5 kleine Gewürzgurken, Pfeffer, Essig, Salz,
Zucker

Zubereitung:
Die Heringe ausnehmen, waschen, filetieren.
Die Filets in einer Lösung aus 2/3 Essig
und 1/3 Wasser etwa 12 Std. garen. Das
Fischfleisch muß weiß aussehen!
Mit Küchenkrepp die Filets trockentupfen
und in eine Schüssel schichten.
Vorher eine Mischung herstellen aus einem Teil
Salz und drei Teilen Zucker. Zwischen die
Filets diese Mischung streuen und reichlich
Senfkörner. Die in feine Scheiben geschnittenen
Zwiebeln auch hineingeben und die Gewürz-
gurken. Die so geschichteten Heringe mit
einem Teller u. einem schönen Granit
beschweren u. mindestens 12 Std. ziehen
lassen.
Dann schmeckt er mit Vollkornbrot,
einem Bier u. einem Rostocker Kümmel!

„Solang de Minsch ät, solang läwt he noch."

96

Gebratener Fisch in pikantem Sulz

Zutaten: Hecht, Barsch, Zander,
Salz, Pfeffer, Fond kochen wie im umseitigen
Rezept, Öl, Mehl, 3 Zwiebeln

Zubereitung:
Fisch küchenfertig zubereiten. Bratfertige
Portionen zuschneiden. Mit Zitronensaft beträufeln und leicht salzen u. pfeffern.
Fisch mit Küchenkrepp abtupfen, in Mehl
wälzen, abklopfen und in sehr heißem Öl
von beiden Seiten braten. Gelatine nach Rezept
in den Fond geben. Fischstücke zusammen mit
den Zwiebelringen in Twist-off-Gläser schichten,
mit dem Fond begießen u. fest verschließen,
kühl stellen und mindestens 3 Tage bis zum
Verzehr warten. Dazu passen Bratkartoffeln
und ein grüner Salat wunderbar.

Meine Griebener Fischsülze

Zutaten: 1 mittelgroßer Hecht, 2 Barsche,
1 Zander, 4 große Zwiebeln,
5 Lorbeerblätter, 10 Pimentkörner,
20 Pfefferkörner, 2 Eßlöffel Senfkörner,
Blattgelatine, Salz, Essig, Zucker,
Dill

Zubereitung:

Fische küchenfertig zubereiten. Leber sorgfältig von der Galle trennen und kühl stellen. Aus den Köpfen, Flossen, der Haut u. den Gräten einen Fond kochen: Alles knapp mit gesalzenem Wasser bedecken, die Zwiebeln halbieren und mit den Gewürzen dem Sud hinzufügen. Alles sanft 1½ Std. köcheln lassen. Die Brühe durch eines feines Sieb gießen. Zwiebelscheiben, Lorbeerblätter u. die Gewürz-körner heraussortieren. Das Fischfleisch in nicht zu kleine Stücke schneiden u. in dem nun klaren Sud garziehen lassen. Eine Glasschüssel bereitstellen. Die Fischstücke mit einem Schaumlöffel heraus-heben u. in die Schüssel geben, mit den Zwiebeln u. den Gewürzen vermengen. Den Sud jetzt kräftig mit Salz, Zucker u. Essig abschmecken. Nach Vor-schrift Gelatine auflösen u. noch heiß mit der Brühe verrühren. Nicht kochen! Jetzt über die Fischstücke gießen. Dillzweige aufsetzen. Kühl stellen! Hat man genügend Fischköpfe erübrigt sich die Gelatine. Fischleber als Vorspeise gebraten servieren.

Fischer Schluck beim Netzeflicken

Inhalt

Fischrezepte

Bildnachweis

H. u. M. Wolff, Schöneiche: Seite 5, 9, 10, 12, 14, 15, 18, 20, 22, 23, 24, 25, 28, 29, 31, 32, 34, 37, 41, 43, 50, 56, 59, 61, 62, 63, 64, 65, 67, 71, 73, 74, 78, 80, 99, U1, U4

M. Ebel, Hiddensee: Seite 18, 38, 43

K. Günther, Hiddensee: Seite 6

F. Hagemeyer, Berlin: Seite 47

M. Baars, Hiddensee: Seite 49

U. Sturm: Hiddensee: Seite 25

S. Gau, Hiddensee: Seite 26

Aus dem Archiv des Autors: Seite 6, 7, 8, 13, 23, 46, 48, 52, 55, 67, 69, 75, 76, 77